FOLIO

Collection
Bruno V

Maître de co
à l'Universit
la Sorbonne

André Breton

Nadja

par Pascaline Mourier-Casile

Pascaline

Mourier-Casile

présente

Nadja

d'André Breton

Gallimard

Pascaline Mourier-Casile est professeur à l'Université de Poitiers et spécialiste du surréalisme.

SIGLES ET RÉFÉRENCES

AF   *L'amour fou* (1937), Gallimard, Folio, 1976.

A17   *Arcane 17* (1945/1947), J.-J. Pauvert, 1989.

CT   *Clair de terre*, Gallimard, Poésie, 1966.

E   *Entretiens* (1952), Gallimard, 1969.

IC   *L'immaculée conception* (A. Breton et P. Eluard, 1930), Seghers, 1972.

M   *Manifeste du surréalisme* (1924).

M2   *Second manifeste du surréalisme* (1930), *Manifestes du surréalisme*, Gallimard, Folio Essais, 1985.

OC   *Œuvres complètes*, Gallimard, Bibliothèque de la Pléiade, t. I (1988), t. II (1992). (Sauf indication contraire, les lettres de Breton, Nadja et S. Breton sont citées dans cette édition.)

PJ   *Point du jour* (1924), Gallimard, Folio Essais, 1992.

PP   *Les pas perdus* (1934), Gallimard, L'imaginaire, 1992.

SA   *Signe ascendant*, Gallimard, Poésie, 1968.

SP   *Le surréalisme et la peinture* (1928), Gallimard, 1965.

VC   *Les vases communicants* (1932), Gallimard, Idées, 1970.

RS   *La révolution surréaliste* (1924-1929), réédition J. M. Place, 1975.

SASDLR   *Le surréalisme au service de la révolution* (1930-1933), *ibid.*, 1976.

Les références complètes des articles et ouvrages critiques cités en notes figurent dans la bibliographie du présent ouvrage.

Les indications de pages sans sigle renvoient à l'édition Folio (1978) de *Nadja*.

La vertu d'une œuvre ne se manifeste que très secondairement dans les plus ou moins savantes exégèses auxquelles elle donne lieu, elle réside avant tout dans l'adhésion passionnée qu'en nombre sans cesse croissant lui marquent d'emblée les jeunes esprits...

ANDRÉ BRETON

AVANT-DIRE

> *... une vie qui, je l'accorde, ne se distingue pas par essence de toutes les vies passées, mais ne doit pas non plus tout à fait en vain se voir assigner de telles limites : André Breton (1896-19..)*[1].

1. « Introduction au discours sur le peu de réalité », *PJ*, p. 10.

Commencé « en août 1927 » (p. 24) pour rendre compte de l'expérience bouleversante — la rencontre de la femme qui donne son nom au livre — vécue par son auteur pendant l'automne et l'hiver 1926-1927, achevé en décembre de la même année (p. 176) — après que la rencontre, à l'automne 1927, d'une autre femme (la véritable dédicataire, anonyme, du livre) a failli le frapper de nullité (p. 187) — *Nadja* est publié au printemps 1928.

Les années 1926-1928 sont, dans l'histoire du surréalisme, d'une importance capitale. Tout d'abord, une éclatante floraison d'ouvrages vient témoigner sinon du bien-fondé, à tout le moins de l'incontestable fécondité poétique de ses « données fondamentales », rendues publiques par Breton en 1924 dans le *Manifeste du surréalisme*.

1926 : L. ARAGON, *Le paysan de Paris*
R. CREVEL, *La mort difficile*
R. DESNOS, *C'est les bottes de sept lieues, cette phrase « Je me vois »*
P. ELUARD, *Capitale de la douleur*
1927 : A. ARTAUD, *Le pèse-nerfs*
R. DESNOS, *La liberté ou l'amour*

R. CREVEL, *Babylone*
M. LEIRIS, *Le point cardinal*
1928 : L. ARAGON, *Le traité du style*
R. CREVEL, *L'esprit contre la raison*
B. PÉRET, *Le Grand Jeu*
P. SOUPAULT, *Les dernières nuits de Paris...*

On s'en tient ici à ce que Breton, dans le *Manifeste*, nommait « le surréalisme poétique ». Mais il faudrait aussi prendre en compte l'abondante production des peintres. En dépit de la péremptoire affirmation de Paul Naville (« il n'y a pas de peinture surréaliste », *RS*, n° 1, 1925), ceux-ci désormais font/sont partie intégrante (et prenante) du surréalisme : première exposition, en novembre 1925, de « la peinture surréaliste » ; ouverture en 1926 de la Galerie surréaliste ; publication en 1928 par Breton du *Surréalisme et la peinture*, en volume cette fois, trois ans après sa prépublication dans le numéro 5 de *La Révolution surréaliste*.

Par ailleurs, depuis 1925 (signature par dix-sept surréalistes de l'appel contre la guerre du Maroc publié par *L'Humanité* ; contacts avec la revue *Clarté* ; tract collectif *La révolution d'abord et toujours* ; découverte par Breton de Trotski et du marxisme...), le surréalisme glisse de la révolte à la révolution, de la contestation généralisée du monde « réel » à la condamnation de la société capitaliste. Il se rapproche dès lors — jusqu'à tenter de s'y intégrer — du parti communiste. Évolution qui, affichée « au grand jour » en 1927 et entérinée par la transformation de *La Révolution surréaliste* en *Le Sur-réalisme au service de la révolution* (1930), n'est pas sans créer de graves remous — voire d'irréversibles fractures — au sein du groupe. Au point de nécessiter, pour faire le point de la situation, délimiter les avancées et préciser les orientations nouvelles, la publication en 1930 d'un *Second manifeste du surréalisme*.

Dans les mois qui suivent sa publication, *Nadja* est saluée par la critique comme « la fleur » (P. Morand, *Les Nouvelles littéraires*, 10.11.1928), le « chef-d'œuvre » (Daniel-Rops, *La Voix*, 1.11.1928) du surréalisme, voire comme « la révélation de l'année » (P. Van Tieghem, *Les Nouvelles littéraires*, 5.1.1929), ou même comme « une date qui marque dans l'histoire des lettres », « un tournant dans l'évolution de la sensibilité », l'équivalent moderne du *À rebours* de Huysmans pour la fin du XIXe siècle (placard publicitaire non signé dans *La NRF*, 1.12.1928). L'Association syndicale de la critique littéraire le classe dans la liste des sept livres de prose qu'elle recommande à ses lecteurs pour novembre 1928, à côté des *Conquérants* de Malraux... Certes, ce concert de louanges n'est pas unanime. De nombreuses voix discordantes s'élèvent — s'autorisant de l'esthétique réaliste, des critères classiques de la beauté ou des droits imprescriptibles de la morale, de la raison ou de la religion —, pour n'y voir que « fausse évasion », « étroit subjectivisme », « pur désespoir », inane « verbalité » ; ou n'en retenir qu'un catalogue sans conséquence d'« anecdotes curieuses » et de « photos amusantes ».

En outre, ceux-là mêmes qui encensent le livre ne le font pas sans quelques contresens sur sa portée réelle, ni sans quelque perplexité sur sa nature. Soit que, cédant à la pente fatale qui tend à ramener l'inconnu au connu, ils tiennent à toute force à l'inscrire « dans la tradition vraiment française », entre *La princesse de Clèves* et *Dominique*, et à en faire « une œuvre classique ». Soit qu'ils s'interrogent sur le genre littéraire ou la catégorie (roman, récit autobiographique, essai, journal intime, « épopée bizarre », « lambeaux de constats psychiatriques », album de photographies) dont il relève. Sans apparemment admettre qu'il puisse, en toute bonne logique surréaliste, appartenir simultanément aux uns et aux autres. À l'exception, toutefois, du premier cité, l'auteur ayant pris soin, d'entrée de jeu, d'affirmer à haute et intelligible voix : « Ceci n'est pas un roman[1]... »

Breton, de son côté, semble avoir accordé un statut à part et une valeur toute particulière à *Nadja*. Dans sa vie et dans son œuvre comme dans le surréalisme, puisque, à ses yeux, ce livre porte témoignage de « la clarification » et de « l'affermissement du *ton* surréaliste[2] ». *Nadja* est la seule de ses œuvres dont il ait tenu, avant d'en permettre en 1963 la réédition, à *revoir* le texte et les illustrations — « entièrement » et sur grande échelle : quelque trois cents « variantes », quatre photographies supplémentaires —, ce

1. Pour la réception critique de *Nadja*, cf. *OC I*, p. 1517-1521.

2. Introduction aux *Constellations* de J. Miró, Pierre Matisse, New York, 1959.

16

afin d'en corriger, ainsi qu'il l'affirme dans l'« Avant-dire » de la réédition de 1963, ce qu'il tenait pour des imperfections formelles. Mais aussi pour y apporter de plus substantielles modifications[1]. Celles-ci visent le plus souvent à remettre le texte en perspective, à assurer « le renouvellement de son audience en reculant son *point de fuite* » (p. 7). La suppression de telle attaque virulente contre Tzara (p. 18), la restitution du nom de Paulhan (p. 29) et l'omission de celui de Noll (p. 62), le gommage d'une réticence à propos de l'œuvre de Rimbaud (p. 59) prennent en compte le passage du temps qui a désamorcé les polémiques et modifié le panthéon surréaliste. Les motivations de l'occultation (p. 127) de toute allusion à la nuit passée avec Nadja à l'hôtel du Prince-de-Galles demeurent plus mystérieuses et n'ont pas manqué de susciter les interrogations — et les reproches — des critiques et des lecteurs[2]. L'ajout d'un certain nombre de notes (expressément datées) témoigne des prolongements de l'événement raconté (p. 15, 54 et 67) ou du regard modifié que porte l'auteur, trente-cinq ans plus tard, à la fois sur son texte et sur son comportement d'alors (p. 55 et 64). Des quatre photographies supplémentaires, deux (p. 170 et 178) viennent simplement combler des lacunes explicitement signalées et commentées en 1928 (p. 177-179). On peut penser que les deux autres (« ses yeux de fougère », p. 129, dont l'origine demeure à ce jour mystérieuse ; « une vaste plaque indicatrice bleu ciel », p. 181) remplissent

1. Sur les variantes de *N*, cf. C. Martin : « *N* et le mieux-dire », J. Chénieux-Gendron : « Les variantes de *N* », et Dossier, p. 166-177.

2. Cf., entre autres, A. Pieyre de Mandiargues : *Le Désordre de la mémoire*, p. 113-115.

implicitement la même fonction. À cela près que leur présence (si elle satisfait bien — partiellement ou par déplacement et, qui plus est, de façon doublement déceptive — une attente jusque-là frustrée du lecteur) constitue non pas un simple effet de la relecture du texte par son auteur, mais bien un véritable phénomène de réécriture. Non content d'ajouter un rouage supplémentaire au très complexe mécanisme de mise en résonance du texte et de l'image élaboré en 1928, Breton choisit de clore le récit iconique dont il double son texte non point sur son propre visage, comme en 1928 (« Qui suis-je ? » André Breton, auteur de *Nadja*), mais sur la monstration — symbolique, métaphorique, il est vrai — des deux femmes qui, en 1926 et 1927, lui ont, à des degrés divers, apporté « la révélation du sens de sa propre vie » (p. 69).

Nadja est la première incursion de Breton dans le champ de la littérature narrative. Assurément, certains chapitres des *Champs magnétiques*, dès 1919, et surtout les « historiettes » de *Poisson soluble* en 1924, relevaient déjà du récit. Mais, surgis du flux incontrôlable de l'écriture automatique, donc du libre jeu de l'imaginaire, de la prolifération sans limite des scénarios fantasmatiques qui hantent l'inconscient, ces textes répondaient à de tout autres exigences et critères que le *récit de vie* dont relève explicitement *Nadja* : « Je n'ai dessein de relater, en marge du récit que je vais entreprendre, que les épisodes les plus marquants de ma vie... » (p. 19) ; « J'en arrive à ma propre expérience... » (p. 26).

La pratique de l'automatisme exige simultanément la « concentration de l'esprit sur lui-même » et sa plus totale distraction, son radical désinvestissement de tout ce qui peut advenir hors de lui. Elle vise à ensevelir « l'M profond par quoi commence le mot Mémoire » et à mettre la raison dans son tort. Elle procède par courts-circuits, imprévisibles associations d'images hétérogènes, dérapages et interférences incontrôlés de mots libérés de la terne nécessité de signifier. Enfin, pour que se maintienne dans sa pureté native « l'inépuisable murmure », le scripteur doit veiller à couper court dès que la coulée verbale s'organise ostensiblement selon « une ligne trop claire » (c'est-à-dire lorsqu'elle retombe dans l'ornière éculée de la progression par contiguïté et des enchaînements logico-chronologiques du récit)[1]. Pour toutes ces raisons — clairement exposées dans le *Manifeste* de 1924 —, l'écriture automatique était, par définition sinon par nature, l'ennemie jurée — l'antidote — du récit...

1. Cf. *M*, p. 41, 44 et 42.

Sans doute est-ce parce que (la fiction romanesque ayant été bruyamment mise hors jeu, sinon hors la loi, dans le *Manifeste*) l'écriture automatique — bien qu'elle continue de cheminer « sous roche » et de servir de pierre de touche poétique — avait, en 1927, déjà révélé les insuffisances et les dangers qui allaient faire de sa pratique une « infortune continue[2] », que Breton est amené à réhabiliter le récit. Voire à en faire, pendant de longues années, un de ses

2. « Le message automatique », *PJ*, p. 165.

moyens d'expression privilégiés. Mais la pratique bretonienne du récit — telle qu'elle se manifeste pour la première fois dans *Nadja* et s'affirme ensuite dans les trois autres grandes proses narratives — en distord singulièrement la définition et en fait exploser les cadres. L'expansion démesurée du discours (théorique, polémique, manifestaire et/ou lyrique) phagocyte à tout instant la narration, tandis que, parallèlement, la dynamitent d'éblouissantes fusées d'images, de brutales ruptures où s'abîment les enchaînements et transformations constitutifs de tout récit.

Avec *Nadja*, Breton invente un nouveau type de récit, proprement surréaliste. Et relance trois fois la donne initiale. Après *Nadja*, *L'amour fou* en 1937 raconte la rencontre de « l'Ondine » : Jacqueline Lamba, épousée en 1934. Entre-temps, en 1933, *Les vases communicants* avaient rendu compte de la perte irrémédiable de l'être aimé, la femme que *Nadja* désignait par le seul pronom personnel « Toi ». Sans doute ce texte relève-t-il en très grande partie de l'essai, voire du manifeste : il s'agissait de concilier les antinomies idéologiques du freudisme et du marxisme. Mais l'élaboration théorique s'y enracine dans le récit d'une expérience toute subjective. Expérience amoureuse, comme dans *Nadja* et comme dans *L'amour fou*. Breton, d'ailleurs, rêvait de réunir les trois textes en un seul volume : « Ainsi serait obtenue en partie l'unification que je souhaite rendre manifeste entre les trois livres[1]. »

1. Lettre à J. Paulhan, 2 décembre 1939, *OC I*, p. 1560.

Et c'est enfin, en 1944, *Arcane 17*, car la
« trilogie surréaliste[1] » est en réalité une tétra-
logie. Ici s'achèvent dans la vie de Breton la
succession des énigmes et la théorie des
charmantes substituées inaugurée dans
Nadja (p. 186-187). Les deux récits inter-
médiaires rendent compte des « saccades »
successives intervenues entre-temps. Ces
saccades que, prémonitoirement, les dernières lignes de *Nadja* définissaient comme
« destinées à amener une Saccade » (p. 189)
qui révélerait leur sens caché et en résoudrait
les énigmes. Cette ultime Saccade, c'est la
rencontre d'Élisa. Élisa : *vraie* Mélusine,
alors que Nadja n'en était que le simulacre
(ou le pressentiment ?) ; Mélusine triom-
phante, en pleine possession de tous ses
pouvoirs, et non pas Sirène dépossédée

d'elle-même[2]. Désormais, la vie ne se
dérobe plus aux sollicitations du désir. Ce
qu'elle avait fait, jusqu'ici, à trois reprises, en
offrant puis en reprenant successivement le
« génie de l'air », dans *Nadja*, puis « X » sur-
gie dans *Nadja*, perdue dans *Les vases communicants*, et enfin l'ordonnatrice de la nuit
du Tournesol dans *L'amour fou*. Avec
l'entrée en scène d'Élisa, la vie est enfin
— et, cette fois, durablement — « repassionnée » : le récit qui, depuis *Nadja*, avait pour
double mission de rendre compte de la
« vraie vie » et de contribuer activement à la
faire advenir, n'a désormais plus de raison
d'être.

Attestant la place privilégiée de ce livre
dans la vie et l'œuvre de Breton, les trois
autres récits s'inscrivent dans le sillage (le

« sillon » devait dire Breton dans le dernier des « Ajours » d'*Arcane 17*) de *Nadja*. Ils le prolongent en une série d'ondes concentriques, vérifient la pertinence de ses propositions théoriques ou en opèrent le réajustement en fonction des rencontres nouvelles, des expériences vécues — individuelles ou collectives. Par tout un jeu de références explicites (au livre lui-même et aux deux femmes qui l'ont rendu possible), doublé d'un réseau plus secret d'échos et de reprises, de modulations et de mises en résonance, ils se maintiennent ouverts, « battants comme des portes », sur le texte inaugural[1]. Celui qui avait, au printemps de 1928, désigné la voie à suivre — sur le plan de la vie comme sur celui de l'écriture. Affirmées, « de la première à la dernière page » (p. 176), comme l'une à l'autre réversibles...

1. Cf. M. A. Graff, « Elisa ou le changement de signe » et P. Mourier-Casile, « A livre ouvert ».

I

« DÈS LORS QUE JE VOULAIS ÉCRIRE *NADJA*... »
(p. 24)

1. « Introduction... », *op. cit.*, p. 10.

La spéculation littéraire est illicite dès qu'elle dresse en face d'un auteur des personnages auxquels il donne raison ou tort après les avoir créés de toutes pièces[1]...

A. PEUT-ON AIMER « UNE FEMME INSENSÉE[2] » ?

1. DE LÉONA À NADJA

2. « On peut aimer plus qu'aucune autre une femme insensée », « Pour Dada », *PP*, p. 72.

Le 4 octobre 1926 dans l'après-midi, au cours d'une de ces errances désœuvrées et sans but déterminé dont il est coutumier, Breton rencontre « une jeune femme [...] qui, elle aussi [le] voit ou [l'] a vu » (p. 72). À un « carrefour » de la rue Lafayette. À la croisée des routes, lieu où, immémorialement, le mythe situe l'intervention du sphinx poseur d'énigmes... « L'inconnue » de la rue Lafayette s'appelle Nadja. C'est du moins le nom qu'elle s'est choisi, le seul en qui elle se reconnaisse et dont elle veuille être désignée. Celui dont elle signera les lettres qu'elle envoie à Breton et les dessins qu'il lui inspire. C'est aussi le premier masque de la fée, ainsi désancrée, d'entrée de jeu, de sa réalité sociale. Le vrai nom, celui de l'état

1. Pour la biogra-
phie de Léona/
Nadja, cf. M.
Bonnet in *OC I*,
p. 1508 et sq.

civil (Léona-Camille-Guislaine D., née le 23 mai 1902 à Lille, morte dans un hôpital psychiatrique le 15 janvier 1941)[1], ne s'inscrira jamais explicitement dans le texte du livre qui lui est consacré. Breton, sans nul doute, ne l'ignorait pas : il lui a bien fallu le donner au bureau des hôtels où, le 8 octobre, craignant de l'avoir perdue, il la cherche fébrilement (p. 109). Mais il l'occulte volontairement. Tout en le laissant transparaître en filigrane. À la faveur d'une inadvertance, d'un lapsus de Nadja, emportée par le récit d'une de ses mésaventures les plus dérangeantes : « Mademoiselle D. » (p. 107). Ou de l'erreur volontaire d'un amant, qui la confondait avec sa fille morte (« Non, pas Lena, Nadja », p. 85), confusion que pouvait seule autoriser la quasi-homophonie Léona/Lena. Ou encore de « la forme calligraphique des L » où, sans pouvoir (vouloir ?) s'en expliquer, Nadja voit « tout l'intérêt principal » de son premier dessin (p. 124). Dessin qui s'éclaire d'être rapproché de cet autre (reproduit p. 145) : « Qu'est-elle ? » L : elle, Léona. Mais ce nom qu'elle s'est donné, qu'elle donne à Breton dès les premiers instants de leur rencontre (p. 75), c'est aussi le premier *signe* — encore énigmatique — de l'initiatrice en qui, plus tard, il reconnaîtra l'ultime « figure de [son] pressentiment » (p. 186). Ce nom de Nadja, Léona l'a choisi (« comme *en connaissance de cause* », p. 73) très précisément « parce que en russe c'est le commencement du mot espérance [*Nadjedja*] et parce que ce n'en est que le commencement » (p. 75).

De cette rencontre du 4 octobre va naître une étrange liaison qui, dans l'éblouissement et le vertige d'abord, puis, de la part de Breton tout au moins, dans le malentendu (« J'avais depuis longtemps cessé de m'entendre avec Nadja. À vrai dire, peut-être ne nous sommes-nous jamais entendus... », p. 157), l'ennui et la lassitude (p. 122), va durer jusqu'au milieu du mois de février 1927, où Nadja glisse un dernier message sous la porte d'« André » : « Merci, André, j'ai tout reçu [...]. Je ne veux pas te faire perdre le temps nécessaire à des choses supérieures — Tout ce que tu feras sera bien fait — Que rien ne t'arrête — Il y a assez de gens qui ont pour mission d'éteindre le Feu — Chaque jour la pensée se renouvelle — Il est sage de ne pas s'appesantir sur l'impossible[1]... »

1. Lettre de Léona/Nadja à Breton, *OC I*, p. 1513.

Dès lors Nadja s'efface. Il ne reste plus que Léona D., la « folle », qui, le 21 mars 1927, pour s'être livrée à des « excentricités » dans les couloirs de son hôtel (p. 159), est conduite à l'infirmerie spéciale du Dépôt. Ensuite : Sainte-Anne, l'asile du Perray-Vaucluse, puis, sur la demande de sa famille, un hôpital psychiatrique du Nord, où elle restera enfermée jusqu'à sa mort... De ce cycle infernal de l'incarcération asilaire, le texte porte à peine de trace : « On est venu, il y a quelques mois, m'apprendre que Nadja était folle [...] elle avait dû être internée à Sainte-Anne » (p. 159) ; « ... je n'ai pas encore osé m'enquérir de ce qu'il était advenu de Nadja » (p. 167). Pas la moindre note ne vient, dans la réédition de 1963, combler la béance où Nadja s'est à jamais abîmée...

Mais on pourrait aussi bien dire (plus justement ?) que Léona D. s'efface et qu'il ne reste plus que Nadja, « inspirée et inspirante », la Nadja de *Nadja*. Telle qu'en elle-même (mais au détriment de la femme réelle qu'elle fut) l'écriture l'a pour jamais changée.

2. ÉCRIRE *NADJA*

En août 1927, Breton, en vacances au manoir d'Ango, entreprend d'« écrire *Nadja* » (p. 24). Tout en lisant du Huysmans (*En ménage, En rade*), ce qui n'est assurément pas pour alléger le pesant sentiment de « désastre » qu'il éprouve depuis l'échec — ce que, en cet été 1927, il croit encore n'avoir été qu'un échec — de sa liaison avec Nadja : « le désastre qui est le mien comme le sien et celui de tous ceux que j'aime[1] ». Écrivant *Nadja*, Breton se met en demeure d'obéir à l'injonction que lui avait adressée Nadja au septième jour de leur rencontre : « André ? André ?... Tu écriras un roman sur moi. Je t'assure. [...] De nous il faut que quelque chose reste » (p. 117).

« Écrire *Nadja* », donc, pour s'acquitter de sa dette envers Léona/Nadja : cet amour sans réserve, ce don total de soi qu'elle lui avait offert. Et cet amour qu'elle attendait de lui en retour. Mais qu'il n'a pas su/pu lui donner.

1. Lettre de Breton à sa femme Simone, 8 novembre 1926, *OC I*, p. 1503.

De cette infranchissable frontière entre le non-amour et l'amour, les lettres de Léona/Nadja, que Breton a toute sa vie conservées, celles qu'il a lui-même écrites à sa femme Simone, portent témoignage tout autant que le texte de *Nadja* :

Amour : « Je me sens perdue si vous m'abandonnez » (lettre de Léona/Nadja, 30 janvier 1927) ; « Tu es mon maître. Je ne suis qu'un atome qui respire au coin de tes lèvres ou qui expire » (*Nadja*, p. 138) ; « Vous êtes aussi loin de moi que le soleil — et je ne goûte le repos que sous votre chaleur » (lettre de Léona/Nadja, 3 janvier 1927) ; « Elle, je sais que dans toute la force du terme il lui est arrivé de me prendre pour un dieu, de croire que *j'étais* le soleil » (*Nadja*, p. 130).

Non-amour : « Il est impardonnable que je continue à la voir si je ne l'aime pas. Est-ce que je ne l'aime pas ? » (*Nadja*, p. 104) ; « Que faire ? puisque cette femme, je ne l'aime pas et que vraisemblablement je ne l'aimerai jamais » (lettre de Breton à Simone, novembre 1926) ; « Tout ce qui fait qu'on peut vivre de la vie d'un être [...] de ma part n'existait pas [...], n'avait jamais existé : ce n'était que trop vrai » (*Nadja*, p. 158).

« Écrire *Nadja* », pour que du moins perdure dans la mémoire collective la « trace » (« Si vous voulez, pour vous je ne serai [...] qu'une trace », p. 137) du « génie libre ». Pour que du moins continue de briller aux yeux des lecteurs fascinés, rechargeant à chaque lecture son pouvoir d'aimantation — intemporelle comme le sont devenues la Mathilde de Lewis, l'Aurélia de Nerval, l'Alberte de Barbey d'Aurevilly, la Dalila de Moreau pour ne citer que quelques-unes des figures de « tentation continue » qui n'ont cessé de hanter l'imaginaire de Breton —, la « sirène » naufragée dans l'opacité muette de la démence. Pour que se change en mythe celle qui — tout naturellement — vivait (dans) le mythe[1].

1. Cf., p. 149-155, son identification « dans la vie réelle » à la « personnalité mythique » de Mélusine.

Sans doute peut-on reprocher à Breton — et lui-même d'ailleurs le premier... — d'avoir fait trop bon marché de la femme réelle, abandonnée à son destin sans lumière. D'avoir sacrifié la proie vivante (Léona-Nadja) à une ombre de mots et de papier (*Nadja*). Et il est incontestable que Nadja est un peu bien vite évacuée de *son* livre : dès le milieu des cent pages du récit de son aventure humaine, dès que s'estompe son actualité dans la vie du narrateur (p. 127), elle n'est déjà plus qu'un reflet. Une ombre. Un fantôme : « Qui vive ? Est-ce vous Nadja ? [...] Je ne vous entends plus » (p. 172). Fantôme, il est vrai, qui ne devait pas cesser de faire retour, de hanter Breton comme un indélébile remords. Ainsi, lorsque lui apparaît en rêve, le 26 août 1931, « une vieille femme qui semble folle » et qui « guette entre *Rome* et *Villiers* », n'hésite-t-il pas à y reconnaître Nadja. Non sans une « inquiétude », une angoisse certaine dont témoigne explicitement l'interprétation du travestissement onirique comme « *défense* contre l'éventualité d'un retour de Nadja [...], *défense* contre la responsabilité involontaire qu'[il] a pu avoir dans l'élaboration de son délire et par suite dans son internement[2] ».

2. *VC*, p. 38. Cf. Dossier, p. 224.

Il est tout aussi incontestable que de la grande tirade sur la folie qu'on enferme, de la diatribe vengeresse contre la psychiatrie, ses sbires, ses pompes et ses œuvres qui clôt le récit (p. 160-172), cette femme, *cette folle-ci* demeure étrangement absente. Pur prétexte — ou alibi — d'une polémique qui excède sa personne. Et qui, somme toute, ne la concerne que fort peu... Mais il n'en reste pas moins que (si scandaleux que cela puisse humainement paraître), si de Léona/Nadja « quelque chose reste », si sa voix continue de se faire entendre en dépit de la voix autre qui la relaie et parfois la brouille, si elle n'a pas cessé, depuis 1928, de nous donner de ses/de nos nouvelles, c'est bien parce que Breton, au mois d'août 1927, au manoir d'Ango — pour de bonnes ou de mauvaises raisons — a *voulu* écrire *Nadja*.

B. DE LA RÉVOLUTION À LA RÉVÉLATION

En août 1927, au manoir d'Ango, le malaise de Breton ne tient pas seulement à l'échec d'une aventure individuelle. L'aventure collective, celle du surréalisme, se trouve elle aussi gravement compromise. Le groupe qui, depuis 1924, s'est lancé avec enthousiasme dans l'entreprise de grande envergure qui consistait, simultanément, à redonner vie au langage et à refaire l'entendement humain pour ainsi, d'un seul et même mouvement, changer la vie et le monde, commençait à se fissurer. Menaçait même de se fracturer irréversiblement. Pour avoir refusé de confiner son intervention au seul « plan littéraire et artistique ». Pour avoir voulu rééva-

1. « Qu'est-ce que le surréalisme » (1934), *OC II*, p. 232.

luer à l'aune du politique ses « ressources propres » et « en déterminer les limites[1] ».

1. LE SURRÉALISME PEUT-IL SE METTRE « AU SERVICE DE LA RÉVOLUTION » ?

2. *Ibid.*

3. Cf. « Déclaration du 27 janvier 1925 » : « Nous sommes bien décidés à faire une révolution », *Archives du surréalisme*, t. I, p. 119-120 ou « La révolution encore et toujours », tract collectif signé par le groupe surréaliste et des groupes proches du PC, publié dans le n° 5 de *RS*, 15 octobre 1925, *Archives du surréalisme*, t. II, p. 161-163.

4. *E*, p. 124.

Si, en 1925, « en présence [du] fait brutal, révoltant, impensable[2] » de la guerre du Maroc, le groupe avait choisi, sans que pour autant sa cohésion en soit mise en péril, de passer de la révolte, de la subversion généralisée à l'action proprement révolutionnaire[3], désormais c'est sur le sens même à donner au mot « révolution » que les dissensions se font jour. Si les uns et les autres avaient pu, un temps, croire possible d'affirmer la « légitime défense » des données et des visées propres du surréalisme face aux modalités de l'action politique et aux mots d'ordre d'un parti (le parti communiste, qui portait alors tout l'espoir révolutionnaire), il avait fallu assez vite déchanter... Non sans contestations et déchirements. Les uns, convaincus que « la libération sociale de l'homme » les concerne tout autant que « l'émancipation de l'esprit », acceptent des concessions qu'ils jugent nécessaires (avec quelque naïveté : Breton fait l'éloge enthousiaste du *Lénine* de Trotski ; mais c'est l'année même où celui-ci est exclu du PCUS...). D'autres, rebutés par le « fameux " primat de la matière sur l'esprit "[4] » prôné par le marxisme, se refusent obstinément à mettre le surréalisme au service de la révolution. Dès 1926, en même temps qu'Eluard adhère au PC, Soupault est exclu (ou se retire...) du groupe. Artaud fait bruyamment sécession. Bientôt c'est le tour de Desnos, de Vitrac... Le groupe se délite ; l'autorité de Breton est contestée. Lorsque, en mai 1927, Aragon, Breton, Eluard, Péret, Unik rendent publique (*Au grand jour*) leur adhésion au PC, Artaud riposte par *À la grande nuit ou le bluff surréaliste*. Les fractures deviennent irréparables. C'est le temps des libelles et des pamphlets à usage interne, qui culminera en 1930 avec *Un cadavre* et la rédaction par Desnos d'un « *Troisième manifeste du surréalisme* », réponse à et réfutation de celui de 1929.

Entre le mois de janvier 1927, où il obéissait à l'injonction inscrite au fronton de la librairie *L'Humanité :* « On signe ici » (p. 70) et la fin du mois d'août où il commence à écrire *Nadja*, Breton a connu l'amertume de devoir, peu ou prou, asservir le surréalisme à la révolution. Il a appris, à ses dépens, que le « bout de chemin » que, à son initiative, le surréalisme a entrepris de parcourir aux côtés du PC ne pouvait qu'être « assez aride[1] ». Et surtout que, loin de conduire à mener de front « la libération sociale de l'homme » et « l'émancipation de l'esprit », il constituait un véritable fourvoiement. Qu'il était totalement illusoire d'espérer (dans le cadre d'un parti politique, fût-il « révolutionnaire ») avoir tout loisir — tout en s'associant à la « vie exaltante du prolétariat en lutte » — de poursuivre « sans contrôle extérieur même marxiste[2] » cet approfon-

1. Cf. *E*, p. 117-127.

2. « Légitime défense », *PJ*, p. 46.

dissement de « l'expérience et de l'aventure intérieures » par quoi se définit « l'activité surréaliste proprement dite[1] ».

1. *E*, p. 133-134. Cf. Dossier, p. 199-204.

2. L'IMAGE DANS LE TAPIS

Ces dissensions, ces ruptures au sein du groupe, ces inquiétudes sur l'avenir incertain de l'« entreprise » surréaliste, ont sans nul doute pesé de tout leur poids sur l'écriture de *Nadja*. Mais le livre n'en fait jamais explicitement mention. Plus exactement, elles n'y apparaissent qu'en creux. Ou plutôt en transparence. Comme un filigrane inscrit au revers du texte et qui, « sous une certaine obliquité » (p. 67), révèle au lecteur averti son chiffre secret. Pourtant Breton, imbriquant étroitement son aventure avec Nadja et l'aventure collective du surréalisme, laisse filtrer sur celle-ci, au fil de son récit, une foule d'informations.

Sur la préhistoire et la constitution du groupe : l'influence de J. Vaché (p. 40) ; le scandale du *Cœur à gaz* et la rupture avec Tzara (au moins dans l'édition de 1928) ; *Littérature* (p. 31) ou *Les champs magnétiques* (p. 29) ; l'arrivée d'Eluard (p. 29) ou celle de Péret (p. 33)...

Sur ses activités communes (la Centrale surréaliste, p. 64 ; *La Révolution surréaliste*, p. 114 ; l'époque des sommeils, autour de Desnos, p. 35) *ou individuelles :* livres (de Breton, bien sûr : le *Manifeste* et *Poisson soluble*, *Les pas perdus*, p. 83 et 92, ou d'Aragon : *Le paysan de Paris*, p. 64) ou tableaux (« Les hommes n'en sauront rien » de Max Ernst, p. 149).

Sur les affinités électives et les choix esthétiques que ses membres ont en commun : Lautréamont (p. 9) ou Rimbaud (p. 59 et 63) ; Sade ou Nietzsche (p. 166) ; Chirico (p. 14-15) ou Braque, p. 149 ; les arts dits primitifs (p. 146).

Sur la « vie surréaliste » : les errances à deux (p. 29 et 62) ou à plusieurs (p. 89) à travers la ville ; tout le réseau des amitiés, des échanges et des complicités qui, tel un tissu capillaire, relie à Breton — et à travers lui à Nadja — mais aussi les uns aux autres Aragon (p. 65 et 109), Eluard (p. 120) ou Ernst (p. 122).

En revanche, pour tout ce qui concerne l'engagement proprement politique, les rapports difficiles avec le PC, les discussions autour de *Légitime défense*, les à-coups et les soubresauts qu'entraînent, pendant l'automne et l'hiver 1926, dans le groupe ces nouvelles options, tout se passe comme si Breton avait voulu sinon en occulter la trace, du moins les faire glisser à l'arrière-plan, et du même coup faire porter toute la lumière sur les « expériences de la vie intérieure » que la rencontre avec Nadja vient lester de tout son poids d'irréfutable réalité. Là réside peut-être la première efficace de l'intervention de Nadja — et de l'écriture de *Nadja* — dans la vie de Breton : confirmer la légitimité de la vision surréaliste du monde.

Pour être plus exact, ces préoccupations, ces tensions sont bel et bien perceptibles dans *Nadja*. Mais à la manière de *l'image dans le tapis*. Masquées au premier regard par une stratégie anamorphotique d'écriture qui en brouille, déforme ou décentre les contours. Pour apparaître, pour être reconnue, l'image doit être en quelque sorte redressée. Ainsi, tel détail apparemment anecdotique, livré sans commentaire, dans le récit de la rencontre avec Nadja rue Lafayette (« après m'être arrêté quelques minutes devant la librairie de *L'Humanité* et avoir fait l'acquisition du dernier ouvrage de Trotski », p. 71) ne prend sens qu'à être couplé avec l'image qui lui fait face. On y voit bien une librairie — que seule d'ailleurs la légende, tirée du texte, permet de reconnaître comme étant celle de *L'Humanité*. Mais ce qui vraiment attire l'œil, focalise l'attention, c'est l'affiche blanche, avec sa flèche comminatoire et sa formule énigmatique : « On signe ici[1]. » Dans les jeux de l'image parlante et du texte muet, dans la faille logique, la discontinuité qu'ils instaurent, se lit/se dit l'adhésion de Breton au PC. En janvier 1927, l'année même de son aventure avec Nadja. Et se donne à voir un de ces *signes* — ou *signaux* — dont le prologue vient de proposer la théorie.

Deux pages plus tôt, au terme de l'énumération des « rapprochements soudains » et des « pétrifiantes coïncidences » qui occupe tout le premier volet de *Nadja*, Breton émet le vœu que « la présentation [de cette] série d'observations [...] sera de nature à précipiter quelques hommes dans la rue » (p. 68). Et voici que le théâtre urbain des manifestations ouvrières et des meetings politiques, avec ses itinéraires codés et balisés, cède la place à son exact négatif : l'espace vacant, désorienté/désorientant du désir. Les « calculs [...] rigoureux » et l'« action préméditée » qu'implique tout engagement révolutionnaire, activité nécessairement rationa-

1. Cf. G. Raillard : « On signe *ici*. »

lisée et disciplinée, sont dès lors tenus, sinon pour nuls et non avenus, à tout le moins pour gravement insuffisants. Dans la mesure où, s'ils ont bien quelque chance de préparer la libération matérielle des opprimés de la société, ils sont sans effet pour « l'émancipation de l'esprit » qui seule permettrait à l'homme de s'appartenir enfin tout entier. Mot pour mot, la « révélation » vient ici surimpressionner la « révolution », qu'elle occulte. Comme en témoigne l'envolée lyrique du dernier paragraphe où le libre jeu des images, métamorphosant la terne réalité, prépare « l'entrée en scène de Nadja » (p. 69).

Ailleurs, une grimace, un dérapage du texte, un décalage inattendu de registre et un brusque glissement d'interlocuteur signalent, comme en sous-main, les polémiques qui, en dépit des tentatives de conciliation, opposèrent ces années-là surréalistes et communistes. À qui s'adresse, en effet, le long discours, très oratoirement articulé, péremptoirement argumenté, qui, aux pages 78-80, s'en prend aussi bien à la réalité sociale qu'à la valeur symbolique du travail ? À Nadja ? Il est permis d'en douter : celle-ci, d'ailleurs, écoute d'une oreille distraite l'orateur qui, lui, paraît avoir oublié sa présence... Plutôt aux camarades du parti des travailleurs et des classes laborieuses... Breton semble bien, ici, chercher à les convaincre que la révolution passe non par une plus juste organisation, répartition et rétribution du travail, mais par sa pure et simple abolition. À moins que, plus réalistement, à revendiquer ainsi l'imprescriptible droit de l'homme à ne pas travailler, il ne veuille, tout simplement, prendre ses distances vis-à-vis de ceux qui, à grand renfort de « brimades assez fatigantes », stigmatisaient comme « sottises petites-bourgeoises » les données fondamentales du surréalisme et son activité propre[1]. Ce dérapage — sans aucun doute contrôlé — qui pendant deux pleines pages déporte le centre d'intérêt du texte avant d'y réintroduire la présence de Nadja, Breton le souligne comme à plaisir en prenant son lecteur à partie, éveillant d'ailleurs du même coup sa suspicion : « On voit assez ce que je peux dire à ce sujet, pour peu surtout que je m'avise d'en traiter de manière concrète. »

1. *E*, p. 126-127.

C. « LA DAME AU GANT »

Au manoir d'Ango, en août 1927, Breton est seul. Il s'est voulu seul pour écrire *Nadja*. Solitude, il est vrai, toute relative. À Varengeville même, non loin du « beau manoir de corsaire » où il cherche « à fixer le timbre de *Nadja* », Aragon écrit *Le traité du style*. À raison de « dix pages manuscrites par jour » qui « ne lui coût[ent] guère plus d'une demi-heure de travail[2] ». Une telle facilité (« ces prouesses gymnastiques accomplies en se jouant ») n'est pas sans démoraliser — voire exaspérer — Breton, qui, lui, peine à trouver le ton juste. Et ce d'autant plus que, chaque après-midi, Aragon vient lui lire sa production du jour...

2. *E*, p. 142. Cf. Dossier, p. 178.

Simone, la femme de Breton (ils se sont rencontrés en juin 1920 et épousés le 15 septembre de l'année suivante), passe ses vacances dans la Manche. Il lui écrit régulièrement, la tenant au courant des difficultés, des blocages du texte en cours d'élaboration. N'a-t-elle pas été partie prenante dans son aventure avec Nadja ? : « Je sors vers 3 heures avec ma femme et une amie ; en taxi nous continuons à nous entretenir d'elle comme nous l'avons fait pendant le déjeuner » (p. 105). Sans doute est-ce à Simone que « l'âme errante » a répondu, le 9 octobre, « on ne m'atteint pas » (p. 111). C'est à elle, assurément, que Nadja, avant d'entrer à jamais dans le silence, a lancé un de ses derniers messages : « " C'est par moments terrible d'être seul à ce point. Je n'ai plus que vous pour amis ", disait-elle à ma femme au téléphone la dernière fois » (p. 168). C'est avec son accord que Breton, pour pouvoir venir en aide à Nadja, a vendu, en novembre 1926, un de ses tableaux. Car il semble bien que pour Simone (et pour elle seule peut-être), Breton ait réellement habité cette « maison de verre, où l'on peut voir à toute heure qui vient [lui] rendre visite », dont il se réclame au début de *Nadja* (p. 18). Elle n'ignore nullement, par exemple, qu'en août 1927, au manoir d'Ango, la retraite de Breton est loin d'être monacale ; que, tout près, à Pourville, au manoir de Mordal, il y a Lise Meyer. Et que Breton, pris pour elle d'une passion non partagée qui « s'exaspère de son insécurité seule[1] », s'épuise, depuis plus de deux ans, à lui faire « une cour que

1. Lettre à Lise Meyer, citée in H. Béhar, *André Breton, le grand indésirable,* p. 192.

1. « Préface
inédite » à *N*, rédi-
gée en 1930 pour
le collectionneur
R. Gouffé, citée
par M. Bonnet in
OC I, p. 1504.

son extrême coquetterie rendait tour à tour
pleine d'espoir et désespérée[1] ».

1. « UNE DAME... »

Il semble que cet amour (qui durera
jusqu'en octobre 1927) soit né, avec la violence d'un coup de foudre, en ce jour de
décembre 1924 où Lise Meyer rendit visite à
la Centrale surréaliste. Sans doute avait-elle
été attirée par le prospectus publicitaire,
paru dans la presse parisienne, où « les pro-
moteurs du mouvement surréaliste » annon-
çaient leur désir de « faire le plus large appel
à l'inconnu » et invitaient à se rendre au
15, rue de Grenelle « tous ceux qu'intéres-
sent les manifestations de la pensée dégagée
de toute préoccupation intellectuelle »... Elle
portait ce jour-là de longs gants de cuir bleu
(« des étonnants gants bleu ciel », p. 64) et
Aragon lui suggéra d'en laisser un en guise
de carte de visite...

Le « Cahier de la permanence » du Bureau de recherches
surréalistes permet de fixer la date de cette première rencontre :

« 15 décembre   Permanence :
                                 A. Breton
                                 L. Aragon

             Visite de Mme Lise Meyer
             Adresses

                                 A. Breton[2]. »

« Mme Lise Meyer », riche — fille d'un grand médecin, elle avait épousé le propriétaire des magasins Old
England — et mondaine, était non seulement ravis-
sante mais aussi cultivée. Elle a publié, sous le nom de

Lise Deharme, des recueils poétiques (*Cahier de curieuse personne*, par exemple, ou — avec Breton, Gracq et Tardieu — *Farouche à quatre feuilles*), des contes (*Les quatre cents coups du Diable*), des romans (*La Comtesse Soir*) et un livre de souvenirs (*Les années perdues*). Elle est morte en 1979.

À Simone, donc, Breton ne laisse rien ignorer du « tourment incessant et usant » (lettre de Simone à sa cousine Denise, août 1925) que cet amour lui cause : « Je suis toujours hanté. L'Amour-folie, dis-tu, ce n'est pas sûr. Le mystère simple à portée de la main. Rien qui différencie cela du trouble que causaient, par exemple, les sommeils[1]. » De cet amour, le lecteur de *Nadja* n'a, lui, aucun moyen de repérer la trace douloureuse, soigneusement dissimulée par Breton, qui l'a pourtant secrètement inscrite dans la trame du texte. À travers un dispositif de voilement/dévoilement particulièrement élaboré et complexe qu'il appartient au lecteur de décrypter.

1. Lettre de Breton à Simone, citée par H. Béhar, *op. cit.*, p. 201.

Sous le masque mystérieux de « la dame au gant » (la même périphrase se retrouve p. 64 et 67), il faut reconnaître Lise Meyer. « Une dame », « cette dame » : la désignation semble aussi distanciée que possible. Anonyme, la visiteuse de la Centrale surréaliste est ainsi cantonnée dans un rôle purement social, qui tend à gommer sa féminité et son attrait érotique. À moins qu'il ne faille lire, sous la formule anodine, un souvenir de l'*Aurélia* de Nerval : « Une dame que j'avais aimée longtemps... » Breton mettra cette phrase en exergue à la seconde partie des

Vases communicants ; mais ce sera alors pour évoquer une autre femme : X, celle que *Nadja* nomme « Toi »[1]...

1. *VC*, p. 139.

Toujours est-il que, de toutes les figures féminines évoquées dans la première partie de *Nadja* (et qui toutes sont, à des degrés divers, des prémonitions de Nadja), celle-ci est la seule à être ainsi désignée.

Ce qui, d'ailleurs — à y regarder de plus près — la signale paradoxalement à l'attention du lecteur. D'autant plus que la couleur qui la caractérise la rapproche de celle qui intervient miraculeusement dans la troisième partie pour désigner de sa main merveilleuse une « plaque indicatrice bleu ciel » (p. 182). Le « bleu ciel » semble bien être ici la couleur emblématique de l'amour. Et de ce chromatisme érotique, Nadja, vouée au noir et au rouge (cf. p. 72 et 83), est d'entrée de jeu exclue...

Anonymes ou non, toutes les autres sont d'abord des *femmes*. À Nantes, « cette femme [...] qui a levé les yeux » (p. 33) ; à l'Electric-Palace, une « femme nue » (p. 45) ; sur la scène du théâtre des Deux-Masques, « une femme adorable » (p. 48), jouée par Blanche Derval, dont il eût fallu « tenter de dévoiler la femme réelle qu'elle était » (p. 55). Et même la « femme » qui, place du Panthéon, vint un jour annoncer l'arrivée de Péret (p. 31) et qui pourtant, en raison de son « âge approximatif », eût, plus que Lise Meyer, mérité le qualificatif de « dame ». Sans oublier, un jour de 1915, sous une pluie battante, « une jeune fille » et, au Marché aux Puces, « tout récemment encore », cette autre, « très rieuse », Fanny Beznos (p. 62-63).

« Une dame », donc, de celles que l'on rencontre dans les salons, et non une femme, un corps de désir. Telle apparente objectivité, tel effet de mise à distance rend quelque peu incompréhensible la « peur » (édition de 1928), voire la « panique » (édition de 1963) qui saisit Breton à la seule idée du geste anodin — mais ressenti comme à la fois *redoutable* et *merveilleux* — qui, retirant un gant, dénude une main. Henri Béhar, dans sa biographie de Breton, cite « un poème confidentiel » écrit pour Lise, qui éclaire l'exacte portée du geste, le sens secret que revêt pour Breton « ce gant quittant pour toujours cette main » :

« Je vais ramasser le gant
Le gant que me jette le ciel et m'enferme à
   tout jamais
Dans la prison de mes lèvres, prison de
   soleil[1]. »

1. Cf. H. Béhar, *op. cit.*, p. 171.

2. *AF*, p. 26.

2. « ÉROTIQUE-VOILÉE[2] »

À tout jamais / *Pour toujours :* formules magiques — fatidiques — de l'amour... Dans ce décalage entre la cause et l'effet, dans cet étrange excès d'émotion et de trouble (« supplications » ; « j'avais tant espéré... » ; « je n'ai jamais pu m'empêcher... »), le lecteur ne peut que deviner que quelque chose se joue. Et va bien plus loin, bien plus profond que ce que le texte, explicitement, lui livre : l'éblouissement d'un coup de foudre, la mise à nu du corps désiré...

Loin de donner tous « les noms » et de livrer toutes « les clés », loin d'avoir la transparence de l'idéale « maison de verre » (p. 18), le texte ici se fait opaque. À la fois ductile, comme le gant de cuir, et pesant, comme le gant de bronze : une longue phrase de quinze lignes, embarrassée d'incises et de détours qui devient et retardent son parcours, s'achève sur un dérapage syntaxique, aggravé d'un couac pour le moins surprenant : « et ne tenant à rien tant, semble-t-il, qu'à mesurer la force exacte avec laquelle il appuie sur ce quoi l'autre n'eût pas appuyé » (p. 65). Le trouble érotique que le scripteur s'efforce de masquer semble avoir saisi le texte et y prolonger, par en dessous, ses ondes perturbantes. Texte à secret, à double fond/double sens. Comme le « tableau changeant » lié, lui aussi, à la « dame au gant » et qui, lui aussi — mais en inversant l'ordre des facteurs —, donne à lire, à décrypter, sous l'innocence affectée d'une visite mondaine, les forces sauvages du désir : le tigre ; sous la dame élégante, le corps nu de la femme : le vase (p. 67).

Par-delà son intervention — à première vue anecdotique, en réalité « érotique-voilée » — à la fin de la première partie où elle cède la place à Nadja, « la dame au gant » continue de hanter le texte. Il faut la reconnaître, par exemple, derrière cette « adorable figure de cire » que Breton regrettait, en 1927, de ne pouvoir montrer à ses lecteurs. Et cette reconnaissance éclaire la précision énigmatique qu'il prend la peine de fournir : « j'y tenais essentiellement bien qu'il n'en ait

pas été autrement question dans ce livre »
(p. 177). De fait, il en a bel et bien été question. Mais cryptiquement. Il suffit de regarder, dans l'édition de 1963, la photographie
de la page 178. Deux mains de femme, gai-
nées de longs gants de cuir souple (à la page
66 n'était donné à voir que le gant de
bronze, « gant de femme aussi », offert à la
Centrale), cernent, à l'exacte intersection
des jambes découvertes jusqu'au haut des
cuisses — les bas filés en laissent affleurer la
nudité —, un repli de dentelle et d'ombre en
forme d'amande. Le trouble érotique, voilé
par le texte de la page 65, est ici clairement
mis en scène.

Au moment de se clore, le texte de Nadja convoque peut-
être, une ultime fois, l'ombre de « la dame au gant ». Plus
cryptiquement encore. À travers la référence, implicite et
transparente, à Baudelaire.

« Envisagée [...] à des fins passionnelles », définie
comme « CONVULSIVE », la beauté surréaliste, bretonienne,
s'oppose au statisme de « La Beauté » baudelairienne :

« Je suis belle, ô mortels ! comme un rêve de pierre
[...]
Je hais le mouvement qui déplace les lignes
Et jamais je ne pleure et jamais je ne ris[1]. »

Or, ainsi que le note H. Béhar[2], « dans son salon de l'ave-
nue du Bois », où Breton lui rendait souvent visite, Lise
Meyer arborait « le divan de Mme Sabatier, la Présidente de
Baudelaire ». Et c'est Mme Sabatier que, dans deux poèmes
des *Fleurs du mal* écrits pour elle, Baudelaire salue comme
l'inspiratrice de ce qu'il nomme ailleurs « mon Beau[3] » :

« [...] Je suis belle et j'ordonne
Que pour l'amour de moi vous n'aimiez que le Beau[4]. »

« Ils marchent devant moi, ces yeux pleins de lumière
[...]

1. C. Baudelaire :
Les Fleurs du mal,
p. 20.

2. H. Béhar, *op.
cit.*, p. 171.

3. C. Baudelaire,
« Fusées », *op. cit.*,
p. 1255.

4. Baudelaire,
« Que diras-tu ce
soir... », *op. cit.*,
p. 41.

43

1. Baudelaire, « Le flambeau vivant », *op. cit.*, p. 41.

Ils conduisent mes pas sur la route du Beau[1]. »

Les mêmes mots — « Je suis belle » — sont mis par le poète dans la bouche du « rêve de pierre » où s'incarne la Beauté et dans celle de la femme aimée. Ne peut-on penser que, citant « La Beauté », Breton se souvient de Mme Sabatier ? Et, à travers elle, de Lise Meyer restée insensible à son amour ? Mais les prestiges de « la dame au gant » — la dame au divan... — sont désormais désamorcés, c'est à une autre inspiratrice (« Toi, bien sûr, idéalement belle », « Toi, la créature la plus vivante... ») que Breton fait l'hommage de *sa* définition de la Beauté à venir...

D. « SOUS UNE CERTAINE OBLIQUITÉ » (p. 67)

On comprend que, au moment de rassembler l'iconographie de *Nadja*, Breton écrive à Lise Meyer : « Me permettez-vous, Lise, de faire photographier *le gant de bronze* et ne pouvez-vous, j'y tiendrais essentiellement, tâcher d'obtenir une reproduction du *tableau de Mordal,* vu de face et de profil ? Vous savez que rien n'aurait de sens sans cela. [...] Je crois que cela ferait un livre beaucoup plus troublant[2]. »

2. Lettre du 16 septembre 1927, *O C I*, p. 1503.

En cet endroit du texte, « le tableau changeant » a une fonction proprement narrative, stratégique : par sa contiguïté spatiale (Pourville/Varengeville) et temporelle (« le même jour », p. 67) avec l'enseigne palimpseste de l'hôtel, il participe du réseau mobile des « pétrifiantes coïncidences », qu'il condense, en quelque sorte, au moment même où Breton choisit d'y mettre, momentanément, un terme. Mais il peut se lire aussi comme la mise en abyme, la métaphore structurelle du fonctionnement général du texte *Nadja*. Tout comme le château décrit dans la deuxième partie : « Des escaliers secrets, des cadres dont les tableaux glissent rapidement et disparaissent pour faire place à un archange portant une épée ou pour faire place à ceux qui doivent avancer toujours, des boutons sur lesquels on fait très indirectement pression et qui provoquent le déplacement en hauteur, en largeur, de toute une salle et le plus rapide changement de décor » (p. 133). Le tableau changeant et le château piégé fournissent au lecteur les clés secrètes d'un texte que son auteur proclamait pourtant ouvert à tous les regards (« Je persiste à ne m'intéresser [...] qu'aux livres qu'on laisse battants comme des portes », p. 18), lui proposant une méthode de lecture et les moyens d'un déchiffrement.

À l'évidence — et quoi qu'en ait pu penser son inspiratrice : « Tu écriras un roman sur moi [...] : tu prendras un autre nom » (p. 117) — *Nadja* n'est pas un roman. Rien ici n'est de l'ordre de la fiction, du mensonge romanesque. Si ce n'est, bien sûr, cet incompressible coefficient de fictionnalité que/qui constitue toute remémoration, toute mise en mots du réel, si fidèle et scrupuleuse qu'elle se veuille. Le scripteur (qui se met en scène à plusieurs reprises et refuse de laisser oublier sa présence : « je me bornerai ici à... », « j'en parlerai... », p. 22 ; « je prendrai pour point de départ... », p. 23 ; « en finissant hier soir de conter... », p. 55 ; « il n'y

45

a que quelques jours... », p. 65, etc.) rend compte de ce qui lui est réellement *advenu* : l'événement dans son surgissement imprévisible/irréversible ; son temps et son lieu précis ; les êtres et les choses qui y ont de près ou de loin participé ; la partition qu'il joue sur le « clavier affectif », l'« état émotionnel » qu'il provoque ou induit. Il n'en reste pas moins que *Nadja*, quoi qu'en ait dit Breton, n'est pas pour autant la simple « relation au jour le jour, aussi impersonnelle que possible, de menus événements s'étant articulés les uns aux autres de manière déterminée » (p. 5). Et pas davantage un simple « dossier » ouvert sur la vie, réelle et/ou mentale, de celui qui l'écrit[1], une recollection de notes et de « documents bruts » livrés « sans ordre préétabli » (p. 22). Force est de constater qu'il arrive à Breton de dissimuler certaines « clés », de masquer, à l'instar des romanciers dont il condamne les pratiques, tel « personnage réel » qui « pouvait trop bien être reconnu » (p. 18) : « la dame au gant », par exemple. De tirer un rideau opaque sur les murs prétendument transparents de sa « maison de verre » : ainsi, les démêlés avec le PC, les failles à l'intérieur du groupe, ou la durée réelle de sa liaison avec Nadja... Certes, les pièces du dossier sont fournies. Mais elles sont aussi soumises à une élaboration concertée, mises en forme — et en scène — selon une stratégie narrative précise que structure un jeu subtil d'échos (à l'intérieur du texte, du texte à l'image censée l'illustrer, d'une image à l'autre...), d'ellipses et d'occultations, dessinant en creux les

1. Cf. M. Beaujour, « Qu'est-ce que *N* ? ».

1. J. Gracq, *André Breton*, p. 98.

contours d'une figure absente, mais qui seule donne sens à l'ensemble. Le texte y gagne une opacité, une « distance[1] », qui déconcerte le lecteur et le pousse à tenter de briser la résistance qu'elle lui oppose. À l'image de la vie dont il relate les « faits marquants » (« Il se peut que la vie demande à être déchiffrée comme un cryptogramme », p. 133), le livre se constitue lui-même en cryptogramme. Et il incite le lecteur, par tout un système de signes et de signaux auxquels il lui faut progressivement apprendre à se rendre attentif, disponible, à son déchiffrement.

E. « LE SUJET DEMANDE À ÊTRE PRIS DE HAUT »

En août 1927, au manoir d'Ango, le projet d'« écrire *Nadja* » semble d'abord quelque peu s'enliser. Le 22, Breton a encore le sentiment de piétiner sur place : « L'histoire que j'ai entreprise me donne beaucoup de fil à retordre et je n'en suis encore qu'au préambule. » Et une semaine plus tard : « Ma petite histoire avance très lentement[2]. » Lenteur et tâtonnements tiennent sans doute au triple malaise qu'éprouve alors Breton : sentiment de culpabilité envers Nadja, inquiétude pour l'avenir du surréalisme, tourments de l'amour insatisfait. À quoi s'ajoutent les soucis que lui cause la mise en place du numéro 9-10 de *La Révolution surréaliste*, à paraître en octobre. L'anecdote sur

2. Cité in H. Béhar, *op. cit.*, p. 203.

Fanny Beznos (dont, relisant son texte en 1962, Breton ne semble plus bien saisir la nécessité, cf. p. 64) doit sans doute à ce travail éditorial de figurer dans *Nadja* : c'est au manoir d'Ango que Naville et Breton ont pris la décision de publier des poèmes de la jeune vendeuse du Marché aux Puces.

1. COMMENT RACONTER *CELA* ?

Mais les difficultés qu'éprouve Breton sont surtout d'ordre structurel. Proprement littéraire. Comment *raconter* l'irracontable, cette aventure improbable, irréductible à l'ordre logique du monde et du discours, échappant aux lois de l'espace et du temps, ces courts-circuits instantanés, imprévisibles, rebelles à toute linéarité orientée ? Comment retenir dans les mailles des mots, toujours trop lâches ou trop étroites, « l'âme errante » (p. 82), le « génie libre » (p. 130), qui se jouait des mots et vivait sa vie comme on se raconte des histoires (p. 87) ? Ou encore — mais de façon plus accessoire puisque « les amateurs de solutions faciles » (p. 96) et ceux qui rechignent devant le merveilleux font simplement, aux yeux d'un surréaliste, la preuve de leur insuffisance : comment parvenir à rendre compte, sans être taxé de mensonge ou de naïveté, de l'invraisemblable, de « ce qui passe [...] les limites de la crédibilité » (p. 96) ? Cette histoire, où exactement se situer pour la raconter ? Faut-il se tenir au plus près du vécu, du quotidien, au ras de l'événementiel ? Mais Breton sait bien

1. « Préface inédite », *OC I*, p. 1503.

2. Lettres à Simone, août 1927, citées in H. Béhar, *op. cit.*, p. 202-203.

3. Lettre à Simone, 17 août 1927, *OC I*, p. 1504.

que « la narration n'est pas [son] fort[1] » et qu'il ne saurait être qu'un « journaliste de pacotille ». Il sait aussi que son ambition n'est pas d'atteindre « seulement l'humain », mais, au-delà, « le vital[2] », le moteur de la « vraie vie », dont la rencontre de Nadja, justement, lui a fait entrevoir un peu plus clairement les mécanismes secrets.

Une constatation, assez vite, s'est imposée à lui, qui va dicter la structure du livre : « Le sujet demande à être pris de haut[3]. » Soit : à partir de la question fondamentale, fondatrice, du « Qui suis-je ? ». À envisager sous cet angle la rencontre du 4 octobre et la liaison incertaine, chaotique, qui s'est ensuivie, Breton découvre que leurs enjeux, leurs implications profondes les dépassent et les débordent de toutes parts. Elles viennent confirmer tout un faisceau d'autres événements de sa vie (rencontres, trouvailles, coïncidences, etc.) auxquels brusquement elles donnent sens : ce qui m'advient ne *m'*advient pas par hasard. L'Autre — sujet, objet ou lieu —, dont la trajectoire recoupe la mienne, d'une manière si improbable, si imprévisible qu'il semble, hors de toute attente, de toute logique, que la seconde ait attiré, aimanté la première (ou vice versa...), l'Autre m'apporte à moi-même de mes nouvelles. Il me révèle, mieux que toute analyse psychologique, que toute auto-contemplation, qui je suis. Ou plutôt qui, de jour en jour, à travers le réseau ténu — et pourtant étrangement cohérent — qui me relie au monde et aux êtres, je deviens.

C'est cette découverte, cette confirmation *a posteriori* — et l'avancée théorique qu'elle lui a permise — que Breton, inversant l'ordre des événements et celui du chemin mental suivi, a choisi de projeter au premier plan : « Mais j'anticipe, car c'est peut-être là [...] ce qu'à son temps m'a fait comprendre [...] Nadja » (p. 69).

2. « EN MARGE » DE NADJA

Nadja ne s'ouvre pas sur la figure féminine que le titre laissait attendre, ne commence pas par le récit des aventures de cette femme, de ses rapports avec Breton. Mais bien, « en marge » (p. 19) du « récit » annoncé, par un préambule, long exposé théorique qui lui est, à première vue, hétérogène. Puis, à l'appui de la théorie, dans un apparent désordre — revendiqué comme tel — vient une série d'exemples dont le dernier, reconduisant le scripteur au temps de l'écriture de *Nadja*, introduit enfin dans le texte Nadja, la femme.

On dira — et l'on aura sans doute raison — qu'à cette femme Breton n'accorde dans son livre qu'une place somme toute réduite. Il en a d'ailleurs eu conscience. S'inquiétant, le 22 août, de la longueur du « préambule », il s'en justifie auprès de Simone : « Néanmoins, je pense que ces généralités *autour de Nadja* seront un peu intéressantes. J'y parle d'une manière un peu suivie de choses qui me sont, je crois, assez particulières[1]. » Assurément, certaines

1. Lettre à Simone, 22 août 1927, citée in H. Béhar, *op. cit.*, p. 203.

de ces « généralités » ne tournent « autour de Nadja » que de fort loin et ne concernent, à proprement parler, que Breton. L'homme et, surtout, l'écrivain. Ainsi des considérations inaugurales sur Hugo, Flaubert, ou « les empiriques du roman », qui ne dépareraient pas dans un article de critique. Elles se font d'ailleurs l'écho direct de lectures critiques, contemporaines de leur rédaction[1] ou plus anciennes[2]. Elles proposent même une véritable théorie — et pratique — de la critique littéraire et artistique surréaliste, qui fait de la lecture d'un livre, de la contemplation d'un tableau une expérience non pas esthétique mais bien existentielle, vitale : la rencontre bouleversante — révélatrice — de deux subjectivités, de deux « différenciations ».

Mais on peut aussi faire observer que la succession des rencontres, trouvailles et coïncidences, comme la théorie des figures féminines qui peuplent le « préambule », ont pour fonction de préparer, *autour de Nadja* précisément et à son service, un climat d'insolite ; de désarmer, en prévision de son entrée en scène, les résistances rationalisantes du lecteur. D'acclimater progressivement celui-ci à l'atmosphère raréfiée, magnétisée, où évolue « l'âme errante ». Le « préambule » de *Nadja* n'est autre chose qu'une propédeutique à la lecture des signes et des signaux dont Nadja va se faire, dans la seconde partie, la toute-puissante ordonnatrice.

On dira — et l'on aura encore, partiellement, raison — que Nadja n'a été pour Breton qu'un objet : de surprise ou d'émer-

1. Pour ce qui concerne Juliette Drouet, le livre de L. Guimbaud : *V. Hugo et Mme Biard selon des documents inédits*, publié en 1927, qu'il lit au manoir d'Ango.

2. Les réflexions sur Flaubert semblent se souvenir d'un article de J. Rivière, « Reconaissance à Dada », publié dans la *NRF* le 1ᵉʳ août 1920.

veillement, d'inquiétude et d'interrogations. D'écriture, enfin. Jamais, à proprement parler, un sujet : « Je suis, tout en étant près d'elle, plus près des choses qui sont près d'elle » (p. 104). Lorsque le nom de Nadja apparaît pour la première fois dans le texte (p. 24), il ne renvoie pas à la femme qui a délibérément choisi de le porter, mais à un objet : le livre en cours de rédaction. Pour le lecteur, le volume qu'il tient en main : « dès lors que je voulais écrire *Nadja* ». Et c'est encore le livre (« la partie illustrée de *Nadja* », p. 177) qui réapparaît en fin de parcours, quand la femme, « la personne de Nadja », est déjà « si loin », quand son nom même cesse de désigner l'être unique, irremplaçable, qu'elle fut : « une femme [...] qui était Nadja, mais qui eût pu, n'est-ce pas, être toute autre... » (p. 179).

Au moment de son « entrée en scène » dans le théâtre mental de Breton, Nadja n'est pas davantage une femme ; elle est un « événement », quelque chose qui *m*'est advenu. Et elle entre en scène sous le signe de sa propre disparition, sous les espèces de la colombe poignardée (p. 69). « La personne de Nadja » n'est vraiment présente, vivante, que dans les cinquante-six premières pages de la seconde partie, qui en compte une centaine. Mais elle l'est alors pleinement. À lire ces pages, il semble que dès l'instant de leur rencontre et pendant les huit jours qui suivent, jusqu'à la nuit du 12 octobre, la vie de Breton n'a plus tourné qu'autour de Nadja.

3. PRÉSENCE ET PASSAGE DE NADJA

Chacune de leurs brèves rencontres — ils se retrouvent d'ordinaire en fin d'après-midi : quelques heures dans un café, une promenade nocturne, un dîner... — est relatée par le menu. Les gestes, les comportements, les attitudes et mimiques, les vêtements, les paroles et les silences de Nadja sont scrupuleusement notés. Absente, elle continue de hanter Breton. La matinée du 7 octobre est tout entière occupée par la remémoration des heures passées la veille à ses côtés, par les interrogations angoissées que provoque la nature incertaine de leurs rapports. Ainsi portés à l'incandescence, la crainte de ne plus la revoir, l'irrépressible besoin de la voir encore finissent, dans l'après-midi, par susciter son improbable rencontre. Hors de sa présence, le temps semble vide, sans « incident » (p. 109) notable. On dirait que, dans la vie de Breton, plus rien ne se passe. Sinon, justement, le passage de Nadja, le sillage magnétique qui aimante autour d'elle les êtres, les choses, les lieux.

Pourtant, très vite, des baisses de tension se manifestent. Chez Breton, l'ennui s'installe. Ou l'irritation. Comme si, entre eux, le courant passait de plus en plus mal. Jusqu'à cette nuit du 12 octobre dont, relisant son texte en 1962, Breton semble avoir voulu effacer jusqu'à la trace[1]. Dès lors cesse l'écrasante actualité de cette femme dans sa vie. La chronologie, jusque-là d'une extrême précision, s'effiloche. La « poursuite

1. Cf. Dossier, p. 173-174.

éperdue » qui les lançait *ensemble* dans le labyrinthe des rues prend fin (p. 127). Si, dans la réalité (ainsi qu'en témoignent les très nombreuses lettres de Nadja que Breton a conservées), leur liaison s'est poursuivie jusqu'en février 1927, le texte ne donne plus que de rares repères, épars, discontinus : l'après-midi du 13 octobre (p. 134) ; le 18 novembre (p. 140) ; quelques jours plus tard (p. 146)... Plus rien ne permet de situer dans le temps les rencontres ou visites auxquelles il est encore fait ici ou là mention : « j'ai revu bien des fois Nadja » (p. 136) ; « au cours d'un déjeuner à la campagne » (p. 140) ; « notre dernière rencontre » (p. 155) ; « j'avais depuis assez longtemps cessé de m'entendre avec Nadja » (p. 157) : « il y a quelques mois » (p. 159) ; « la dernière fois » (p. 168) ; « un soir » (p. 179). Le journal — où l'événement s'inscrivait dans son actualité brute, dans sa fulgurante nudité — cède la place à un bilan rétrospectif. L'imparfait et le passé composé (rejetant l'événement dans le passé pour n'en plus retenir que les effets : impact et affect dont la nature et la portée sont désormais mesurables) viennent relayer le présent dont l'intrusion brutale, dans le récit (commencé à l'imparfait) de la journée du 4 octobre, mimait celle de la femme aux « yeux de fougère » dans la vie de Breton : « Le 4 octobre dernier [...] je me trouvais [...] je poursuivais ma route [...] j'observais [...] je venais de traverser [...]. Tout à coup [...] je vois... » (p. 71-72). Nadja, désormais dépossédée de toute « possibilité d'intervention » (p. 105), très vite recule dans une brume indistincte. Sa voix ne se fait plus entendre. Si Breton se souvient encore de « quelques phrases prononcées devant [lui] ou écrites sous [ses] yeux par elle » (p. 137), c'est (au moment même où, les citant, il leur assure une « résonance » sur laquelle le temps ni l'oubli n'auront plus de prise) en les *détournant* de leur vivant contexte d'énonciation. Les paroles de Nadja sont dès lors données à lire comme *objets* poétiques (cf. p. 171 : « les lettres de Nadja que je lisais de l'œil dont je lis toutes sortes de textes surréalistes [1928]/poétiques [1963]... »). L'appréciation esthétique remplace la vibration affective dont les chargeait « le ton de [la] voix de Nadja ».

Alors que le texte du journal suggérait les caractéristiques essentielles de son visage et de son corps réels (les yeux, la silhouette frêle, le port de tête, la démarche), les dessins de Nadja ou ses autoportraits symboliques se substituent désormais à « la personne de Nadja », masquant le visage, métamorphosant le corps en monstre mythologique. La juxtaposition d'images qui, pendant six pages, suspend la continuité textuelle tout en y maintenant la présence de Nadja, du même mouvement souligne l'effacement de la « femme » au profit de la « Chimère » (cf. p. 185). La stratégie narrative inscrit ainsi dans le texte, en le prolongeant, le dernier geste de Nadja, au matin du 13 octobre : « avec quelle grâce elle dérobait son visage derrière la lourde plume inexistante de son chapeau » (p. 127). Le dernier mouvement du volet central parachève cette *dérobade :* le discours — théorique et polémique — sur la folie en général vient surimpressionner, éclipser la réalité vécue du naufrage de Nadja devenue folle. L'aventure unique de « l'âme errante » cède la place à ce qu'on pourrait (dans le langage de ceux-là mêmes que le texte pourtant condamne avec virulence) nommer *le cas Nadja.*

On dira enfin (et, là encore, avec quelque vraisemblance...) que, regardant Nadja, Breton ne se quitte jamais des yeux. Que, au moment où il lui/se demande qui *elle* est (« une question qu'il n'y a pas que moi pour poser », p. 82), c'est encore et toujours sur lui-même qu'il l'/s'interroge. Et, de fait, ouvertes sur un « Qui suis-je ? », les deux premières parties de *Nadja* y font à leur terme retour. Avec une hyperbolique insistance. Exilant Nadja aux confins d'une Cimmérie de silence où elle n'a plus statut que de fantôme (p. 171). Mais c'est que, emportant loin de lui celle qui lui avait proposé les premiers linéaments d'une possible réponse, la vie ne lui avait pas encore offert cette autre femme qui devait lui démontrer la dérisoire inutilité de toute question. Dès lors qu'intervient l'amour (cf. p. 159).

II

« J'ENVIE [...] TOUT HOMME QUI A LE TEMPS DE PRÉPARER QUELQUE CHOSE COMME UN LIVRE » (p. 173)

Puisque tu existes [...], il n'était peut-être pas
très nécessaire que ce livre existât... (p. 187).

A. « DEUX PARTIES SUR TROIS »

1 . Lettre à
Simone, 2 sep-
tembre 1927,
OC I, p. 1505.

Le 31 août 1927, lorsqu'il quitte le manoir
d'Ango, Breton a écrit « deux parties sur
trois » de *Nadja*[1]. Fidèle à la pratique collective du groupe, il donne, dès son arrivée à
Paris, lecture à Eluard, Prévert et Masson de
ce qu'il ne désigne alors ni, bien sûr, comme
un *roman* (depuis le *Manifeste*, celui-ci a été
publiquement frappé d'interdit), ni même
comme un *récit* (cf. p. 19), mais simplement
comme une « prose ».

« Deux parties sur trois » : la formule
réclame commentaire. Elle montre que, dès
le début, Breton avait conçu *Nadja* sous la
forme d'un triptyque, dont le volet central
au moins était consacré à Nadja. Elle souligne l'unité, l'articulation et la cohérence du
« préambule » et du « récit », écrits dans la

continuité et l'urgence, en août, au manoir d'Ango (cf. p. 24 et 176). Mais elle peut aussi induire le lecteur en erreur, lui faisant croire que le livre qu'il tient en main est bien le triptyque dont Breton avait d'avance arrêté le plan. Faussant ainsi gravement le sens profond et l'exacte portée de *Nadja*. Nivelant ce qui fait sa radicale nouveauté, sa *différence* proprement surréaliste. L'actuelle troisième partie de *Nadja* n'est pas celle que Breton, au début du mois de septembre, avait prévu d'écrire. Elle n'a été rédigée, après une longue « interruption », qu'« à la fin de décembre » (p. 176). Et il s'agit là de bien autre chose que d'une anecdotique solution de continuité. Le triptyque qui depuis 1928 porte le nom de *Nadja* est traversé d'une véritable ligne de fracture.

Sur ce qu'aurait pu/dû être, selon le projet initial, le troisième volet du triptyque, on est réduit aux conjectures. À en croire Breton, il ne lui restait plus, au retour à Paris, qu'à rassembler « la partie illustrée de *Nadja* » (p. 177) et à écrire « la conclusion ». Celle-ci, apparemment, devait, comme dans la version définitive, porter sur les rapports qu'entretiennent la passion et la Beauté : « la conclusion que je voulais lui donner avant de te connaître et que ton irruption dans ma vie n'a pas à mes yeux rendue vaine » (p. 187). Selon H. Béhar[1], le texte rédigé au manoir d'Ango s'arrêterait « avant l'analyse [des] textes et dessins » de Nadja. Soit : au bas de la page 135, Breton aurait repris « le fil de la narration » à Paris. Dans son premier état, la deuxième partie aurait donc été

1. H. Béhar, *op. cit.*, p. 203.

majoritairement narrative, le récit rendant compte de l'obsédante actualité de Nadja dans la vie de Breton, du 4 octobre jusqu'à l'« adieu » du 13 octobre. Le bilan rétrospectif et le discours sur la folie, suivis d'une « conclusion » (?), auraient alors constitué la « partie » qui restait encore à rédiger au retour à Paris. Si l'on songe que le 22 août Breton n'en était encore qu'au « préambule », mais qu'il prévoyait d'en avoir terminé sous une huitaine de jours, cette hypothèse a quelque vraisemblance. Et ce, d'autant plus qu'elle s'accorde mieux à la formule utilisée par Breton le 2 septembre (« deux *parties* sur trois ») que la version retenue dans *Nadja* qui ne fait état que d'une « conclusion ». Par ailleurs, la rapidité d'exécution de cette éventuelle « deuxième partie » (le journal, reconstitué après coup, de la rencontre) s'explique peut-être par l'existence de notes prises à chaud : M. Bonnet, dans l'édition de la Pléiade, cite une lettre de Nadja, datée du 1er novembre 1926, qui semble autoriser cette hypothèse : « Comment ai-je pu lire ce compte rendu... entrevoir ce portrait dénaturé de moi-même sans me révolter ni même pleurer[1]... »

1. *OC I*, p. 1505.

Toutefois, l'édition de 1928 ne permet pas de se prononcer. La grande séquence qui suit le journal de la rencontre (p. 127-157), délimitée par deux lignes de points de suspension, s'y présentait comme un bloc massif et continu, sans aucun blanc typographique susceptible de signaler une solution de continuité. En l'absence du manuscrit, force est de s'en tenir à la parole de Breton, qui semble bien fixer à « la fin d'août » — et à la fin de l'actuelle deuxième partie : « [les lignes] qui, à feuilleter ce livre paraîtraient deux pages plus tôt devoir finir » (p. 176) — l'« interruption » de la rédaction de *Nadja*. On ne peut pour autant exclure, il est vrai, la possibilité d'une manipulation des faits destinée à rendre plus convaincante la démonstration. On se heurte en effet ici à une sorte de télescopage : les *lignes* de la page 172 ne *paraissent* pas « finir » : elles finissent bel et bien ; c'est le *livre* qui pourrait sembler être *fini*... Comme dans l'épisode de « la dame au gant » ce lapsus textuel (qu'aggrave encore la possible confusion des « dernières lignes » lues et des « dernières lignes » de la deuxième partie) pourrait fort bien servir d'indice...

Au passage : il est un troisième lieu dans *Nadja* où le texte semble ainsi en proie à un dérapage plus ou moins contrôlé. Sans doute, à vrai dire, plus que moins : relisant/révisant en 1962 *Nadja*, dans le but reconnu de « l'améliorer un tant soit peu dans sa forme » et d'« obtenir un peu plus d'adéquation dans les termes et de fluidité par ailleurs » (p. 5-6), Breton ne corrige aucun des trois passages ici signalés. C'est bien que la « forme » lui en paraissait adéquate à son propos, en parfait accord avec l'« état émotionnel » du scripteur. Le troisième dérapage apparaît dans la note de la page 179 (ajoutée après coup, sur les épreuves de 1928) où, pour la dernière fois, la « personne de Nadja » fait retour. Ici, le malaise du scripteur — l'anecdote racontée démontre que Breton n'a « pas été à la hauteur de ce que [Nadja lui] proposait » (p. 159) — ne se manifeste pas par une défaillance, un brouillage de la syntaxe, mais par le phénomène inverse : « [...] que nous n'existassions plus [...], que nous nous portassions.. ».

Pour être d'une impeccable correction syntaxique (excessive même, avec quelque chose de vaguement grand siècle — route de Versailles oblige ?... —, qui pourrait faire penser aux *Précieuses ridicules*), le redoublement rapproché des imparfaits du subjonctif n'en introduit pas moins le grincement déconcertant d'une dissonance...

Qu'il y ait ou non eu manipulation, l'essentiel demeure ici que ce que nous lisons comme le dernier volet du triptyque, et qui fut écrit en décembre 1927, n'avait pas été prévu dans le programme initial d'écriture de *Nadja*. Pourtant, le 16 septembre, Breton considère son livre comme achevé ; il ne s'occupe plus que de rassembler la documentation photographique dont il entend l'illustrer : « Je vais publier l'histoire que vous connaissez en l'accompagnant d'une cinquantaine de photographies relatives à tous les éléments qu'elle met en jeu [...][1]. » Et, de fait, le « préambule » est publié à l'automne, dans le numéro 12 de la revue *Commerce*, sous le titre « *Nadja*. Première partie ».

1. Lettre à Lise Meyer, *O C I*, p. 1505.

Entre « la fin d'août » et « la fin décembre », quelque chose est intervenu dans la vie de Breton pour rendre caduc le programme d'écriture élaboré au manoir d'Ango. Dans *l'intervalle* qui sépare les dernières lignes de la deuxième partie des premières lignes de la troisième, dans le silence de près de quatre mois qui disjoint leur rédaction, il faut voir s'inscrire en creux, en blanc, l'« irruption » de l'« événement » (la rencontre de « Toi »), du « fait-précipice » qui a bouleversé de fond en comble son

« paysage mental » — et, du même coup, « les données [du] problème » (p. 175), dont, en commençant d'écrire *Nadja*, il croyait encore que Nadja lui avait au moins fourni l'ébauche d'une solution.

B. « CE QU'À SON TEMPS M'A FAIT COMPRENDRE NADJA » (p. 69)

Aux premiers jours de leur liaison, alors qu'il s'abandonne — fasciné, consentant — aux entrelacs multipliés des « signaux », des coïncidences, à la volée de merveilles que, sous ses pas ailés, semble faire lever « l'âme errante », tout porte à croire que Breton a voulu voir dans la rencontre de Nadja « l'événement dont chacun est en droit d'attendre la révélation du sens de sa propre vie » (p. 69). Nadja ou l'espérance... L'intrusion dans sa vie de ce « véritable sphinx sous les traits d'une jolie femme » (p. 89) devait, croyait-il, une fois pour toutes, lui permettre de découvrir en quoi consistait sa « différenciation » (p. 11). Grâce à elle, à travers elle, il allait enfin *savoir* : « Et si je ne la voyais plus ? Je ne *saurais* plus. J'aurais donc mérité de ne plus savoir » (p. 105).

1. NADJA OU LE SURRÉALISME ABSOLU

De fait, au moment de dresser le bilan de leurs relations, il constate que rien n'y a manqué de « ce qui constitue pour [lui sa] lumière propre » (p. 128). Lumière spécifique, unique, qui émane des « dispositions [de son] esprit à l'égard de certaines choses » (p. 16). Celles-là mêmes qui sont « près de » Nadja (p. 104). L'espérance mise par Breton en Nadja est d'autant plus motivée qu'elle semble lui être apparue comme l'incarnation du surréalisme. Par ses yeux, tout d'abord, qui, dès le premier regard échangé, l'attirent et le retiennent : « Je n'avais jamais vu de tels yeux » (p. 73). Ses yeux de *voyante* : « Je vois chez vous » (p. 85) ; « Vous ne pourrez jamais voir cette étoile comme je la voyais » (p. 81) ; « Vois-tu ce qui se passe sous ces arbres ? Le bleu et le vent, le vent bleu » (p. 96) ; « ce que je vois, c'est une flamme » (p. 117). Ses yeux de *médium* aussi, qui font d'elle un extraordinaire conducteur de fluide mental, polarisant sur sa personne l'attention de tous ceux qui la croisent. Or *voyante* et *médium* ont, dans les années vingt, étrangement fasciné les surréalistes, Breton au premier chef[1]...

En outre, les yeux de Nadja marquent d'entrée de jeu la jeune femme du signe de la conciliation des contraires : « Que s'y mire-t-il à la fois obscurément de détresse et lumineusement d'orgueil ? » (p. 73). Signe éminemment surréaliste, puisque, à en croire le *Manifeste* de 1924, c'est de la « résolution » de « deux états [...] contradictoires » que naît très précisément la « surréalité », dont Breton affirme : « C'est à sa conquête que je vais, certain de n'y pas parvenir, mais trop peu soucieux de ma mort pour ne pas supputer un peu les joies d'une telle posses-

1. Cf. « Entrée des médiums » (1922), *PP*, p. 116-124 ; « Lettre aux voyantes », *RS*, n° 5, *OC I*, p. 906-911 ; A. Artaud : « Lettre à la voyante », 1926, *RS*, n° 8.

1. *M*, p. 24.

sion[1]. » Posant ainsi un des premiers — et des plus constants — jalons de ce qu'il nomme, dans *Nadja*, sa « différenciation ». Nadja, « esprit de l'air » qui se rêve Mélusine (on sait que cette Ondine est une des figures alchimiques de la conciliation des contraires) ; Nadja qui se dessine en Sirène (signe d'eau) et représente son amant en Lion solaire (signe de feu) ; Nadja qui affirme tout uniment : « c'est vrai que le feu et l'eau, c'est la même chose » (p. 100), Nadja ne pouvait donc que séduire Breton. Et, si la « lumière propre » de ce dernier a pu trouver à se manifester dans la rencontre avec Nadja, n'est-ce pas justement parce que l'énumération des multiples composantes de cette lumière fait jouer à plein l'euphorie qui naît de la résolution des antinomies ? Par quoi se définit, aussi bien, le fonctionnement oxymorique de *l'image surréaliste*. Le *brillant* interne des métaux *ternes*[2] ; *l'éclat* des puits *opaques* ; la *phosphorescence* des carrières *obscures*...

2. Breton cite ici (p. 128) *le sodium*, qui a précisément pour particularité de s'enflammer au contact de l'eau. Cf. p. 92, la « main qui flambe sur l'eau »...

Surréaliste, Nadja l'est aussi, aux yeux de Breton, par la vie qu'elle a choisi de mener, où se mêlent, sans solution de continuité, le réel et l'imaginaire, où la force du désir parvient à faire reculer les nécessités du quotidien (cf. p. 87 : « C'est même entièrement de cette façon que je vis »). De la sorte, preuve vivante que « l'existence est ailleurs[3] », Nadja pousse à son « terme extrême [...] l'aspiration » du surréalisme, sa « plus forte idée limite » (p. 87).

3. *M*, p. 60.

Parce que son comportement n'est pas régi par cet « instinct de conservation » qui fait que les surréalistes, « après tout », en dépit des provocations et scandales où ils se complaisent, *se tiennent bien* (p. 169), Nadja érige en « principe de subversion totale » (p. 179) le « non-conformisme absolu » dont faisait état, dès sa proclamation en 1924, le groupe surréaliste[1]. Mais ce principe, Nadja le met non au service des forces de vie, irriguées par le flux exaltant d'Éros, mais, tout au contraire, à celui des puissances mortifères de l'angoisse et de l'autodestruction : « Il y avait une voix qui disait " Tu mourras, tu mourras ". Je ne voulais pas mourir mais j'éprouvais un tel vertige... » (p. 97 ; cf. aussi p. 84 et la note de la page 179). Et, sur ce point, son attitude est en radicale opposition avec celle de Breton.

Nadja ignore tout du surréalisme : elle le découvre à travers les textes que Breton lui prête, où d'ailleurs, elle va, d'instinct et « comme en connaissance de cause », droit à l'essentiel. Mais Nadja parle, écrit, dessine tout naturellement « surréaliste ». C'est du moins ainsi que Breton interprète ses lettres, ses aphorismes et ses dessins (p. 171), occultant la part de « détresse » qui s'y trahit et sourd, semble-t-il, aussi bien de la pathétique parade de séduction que de l'appel au secours que l'on peut, à distance, sans trop de peine y déchiffrer. Elle entre de plain-pied dans l'univers imaginaire de Jarry (p. 84) ou de Max Ernst (p. 149), et s'étonne de la timidité de Breton devant le sphinx de la rue Bonaparte[2] (p. 89).

1. *M*, p. 60.

2. Cf. « L'esprit nouveau », *PP*, p. 96-98.

2. NADJA OU
« LA SÉDUCTION MENTALE »

On le voit, Nadja mobilise tous les prestiges, tous les « artifices de la séduction mentale » susceptibles de fixer sur elle l'attention de Breton (p. 128). Mais la séduction qu'elle exerce est purement mentale, intellectuelle. En Nadja, c'est le surréalisme qui séduit Breton. Non la femme. En tant que femme, Nadja est, pour son goût, à la fois trop artificielle, voire artificieuse (elle *joue* à être Mélusine, p. 149, ou se donne des airs de Méphisto, p. 120), et trop terre à terre : il lui arrive de se prostituer, de se compromettre dans des aventures sordides ou scabreuses (p. 106, 107 et 134). L'émotion que Breton ressent à ses côtés intéresse l'*esprit* et non pas le *cœur*[1] (p. 176). Et moins encore, sans doute, le corps : les trois baisers dont rend compte le journal, les 6, 7 et 12 octobre, semblent avoir marqué Nadja plus que Breton. C'est elle d'ailleurs qui prend l'initiative du premier : « elle s'abandonne, ferme tout à fait les yeux, offre ses lèvres » (p. 92). Si elle vit le second comme une « communion », Breton, lui, le ressent comme une « profanation » (p. 109). Sans doute parce que le désir y avait peu de place : « Avec respect, je baise ses très jolies dents... » Notons-le au passage : ce qu'il choisit d'embrasser, c'est l'insensible, la froide blancheur des dents et non la tiède, la ductile moiteur des lèvres... Enfin, Breton met un terme au compte rendu de l'écrasante actualité de cette femme dans sa vie au seuil de ce qui semble

1. Cf. Dossier, p. 205.

avoir été leur première nuit d'amour (« Nous descendons vers une heure du matin à l'hôtel du Prince-de-Galles », édition de 1928), nuit qu'il passera totalement sous silence dans la version de 1963 (p. 127).

N'intéressant qu'une part limitée de son être (celle-là même que le surréalisme a toujours voulu soumettre aux vibrations du champ émotionnel et aux exigences du désir), l'événement bouleversant de la rencontre avec Nadja ne pouvait, sur cet être, lui apporter la révélation espérée. Si, lorsque, au manoir d'Ango en août 1927, il écrit *Nadja,* Breton est « toujours le même décidément » (p. 24), c'est bien que la révélation n'a toujours pas eu lieu et que cet « événement [...] sur la voie duquel [il se] cherche » ne lui est pas encore advenu (p. 69).

C. DE « QUI SUIS-JE ? » À « QUI VIVE ? »

Question pour question, au « Qui suis-je ? » inaugural fait écho le « Qui vive ? » des dernières lignes de la seconde partie. Mais de « Qui suis-je ? » à « Qui vive ? » s'inscrit un écart. Si éphémère qu'ait pu être son passage (et toute la stratégie narrative de la seconde partie ne vise à rien d'autre qu'à réduire la durée de sa présence effective, en prolongeant d'autant son sillage), Nadja a enseigné à Breton que la réponse ne peut être trouvée dans le repli solipsiste et narcissique de l'introspection, mais dans l'ouverture à l'autre, dans la disponibilité toujours en alerte aux signes et aux signaux du monde extérieur. Telle est la leçon de celle qui « n'aimait qu'être dans la rue [...] à portée d'interrogation de tout être humain lancé sur une grande chimère » (p. 134). Et c'est bien ce que dit, à la fin du second volet, le cri redoublé du guetteur. Ce cri, on pouvait déjà l'entendre résonner brièvement au détour d'un poème de 1922[1] : « Là-bas sur les remparts de l'air l'interrogation est sentinelle

1. *OC I*, p. 167.

Paix à nos principes solitaires

Nous sommes les rossignols du Qui-vive. »

Et de ce même cri, Breton fera, quand l'amour lui aura enfin révélé « le sens de sa propre vie », sa devise et son emblème[2].

2. *AF*, p. 39.

D. « TOI QUI N'ES RIEN TANT QU'UNE FEMME » (p. 185)

Il ne semble pas qu'à son retour à Paris, en septembre, Breton se soit préoccupé de terminer *Nadja*, de rédiger la « troisième partie » (ou la « conclusion ») projetée. Du moins n'en reste-t-il nulle trace. La dynamique de l'écriture paraît s'être enrayée. Il se contente sans doute de rassembler la « cinquantaine de photographies » dont il a décidé d'*accompagner* son récit. Mais, de même qu'il est désormais incapable d'*entendre* Nadja, de même les lieux, les personnes, les objets, « tous les éléments [mis] en jeu » par cette « histoire » et qu'il voulait donner à voir au lecteur « sous l'angle spécial dont [il] les avait [lui]-même considérés » (p. 177), se dérobent à sa prise. Comme si le livre qu'il avait voulu *battant comme une porte* refusait de se refermer.

D'autres soucis, d'autres activités d'ailleurs le retiennent. La décision, prise à la fin d'octobre, de rompre enfin avec la dame au gant. Le projet de créer, en collaboration avec un ami d'Aragon, Emmanuel Berl, une collection, « Le salon particulier », où seraient publiés *Nadja*, *Le traité du style* et d'autres œuvres hors normes, surréalistes ou non[1].

1. Cf. E. Berl : *Interrogatoire* (par P. Modiano), p. 40 et sq. Cf. Dossier p. 187-189.

1. « TOI QUI ES INTERVENUE » (p. 185)

C'est ici que le hasard intervient. Que l'amour, « le mystérieux, l'improbable, l'unique, le confondant et l'indubitable amour » (p. 159), celui que, en dépit de tous ses prestiges, Nadja n'avait pu susciter, celui que les caprices de la dame au gant avaient fini par user, fait irruption dans la vie de Breton. Démontrant par son seul surgissement la « grave insuffisance » (p. 68) des plans, des projets et des calculs. « Bouleversant de fond en comble les données [du] problème » (p. 175) autour duquel il n'avait cessé de tourner. Relançant la dynamique du désir et, du même coup, celle de l'écriture. La troisième partie de *Nadja* pourra dès lors voir le jour...

À plusieurs reprises, au cours de l'automne, pour mettre au point leur commun projet d'édition, Berl rejoint les surréalistes au café Cyrano. Il y vient parfois avec sa maîtresse, Suzanne Musard. Ainsi entre en scène celle dont la troisième partie de *Nadja* (dont elle a permis — nécessité — l'écriture et que, du premier au dernier mot, elle magnétise de sa présence « merveilleuse et intrahissable », p. 182) ne nomme jamais autrement que « Toi ». Celle qu'ailleurs, dans *Les vases communicants* ou dans *L'amour fou*, Breton désigne d'un « X » énigmatique et fascinant. Leur rencontre (qui eut sans doute lieu en novembre) présente tous les caractères d'un « coup de foudre » : « Toi [...] dont les raisons splendides [...] rayonnent et tombent mortellement comme le tonnerre » (p. 185).

Breton, on le voit, reprend ici, pour la remotiver à neuf, une de ces expressions toutes faites, métaphores institutionnalisées et autres « adages » éculés que, comme bien d'autres surréalistes, il s'est toujours plu à revivifier. Soit qu'il les prenne à contre-pied de leur prosaïque et empirique sagesse. Soit que, par un mouvement inverse et complémentaire, il les prenne, précisément, au pied de leur lettre morte, en cédant l'initiative aux mots. Voyez ses titres : *Les pas perdus, Point du jour, L'amour fou, La clé des champs*... Ou, pour s'en tenir au seul texte de *Nadja* : « Qui suis-je ? [...] pourquoi tout ne reviendrait-il pas à savoir qui je " hante " ? » (p. 9) ; « Ainsi fait le temps, un temps à ne pas mettre un chien dehors » (p. 182) ; « ... résolue, de peur d'être mal étreinte, à ne se laisser jamais embrasser... » (p. 189).

---

2. LE MONDE RÉORIENTÉ

Avant la fin novembre, les amants ont quitté Paris, le Paris labyrinthique des errances avec Nadja, pour le sud de la France. (Nadja, elle, venait de Lille ; du Nord, donc). Marseille[1], Toulon, Avignon, « où le Palais des Papes n'a pas souffert des soirs d'hiver » (p. 182)... Pendant que, dans un paysage du Vaucluse, la main inimitable, ouvrant l'espace illimité du désir et le temps du renouveau, désigne « LES AUBES », Nadja, elle, au Perray-Vaucluse ou ailleurs, se heurte aux barreaux opaques de l'asile... À Avignon, au restaurant « Sous les aubes », Suzanne Musard demande à Breton de quitter sa femme. La procédure de divorce sera entamée au début de 1929. Mais, à cette date, Suzanne est devenue Mme Berl...

Autour des amants s'organise un espace autre. Autrement orienté. Réorientation par permutation des pôles, du nord au sud, dont témoigne le remplacement, à l'avant-dernière page, de « la gare du Nord » (où conduisait la première promenade avec Nadja, p. 73) par « la gare de *Lyon* ». L'espace urbain, où s'était déployée, sous la conduite du Sphinx, la « poursuite éperdue », la quête hagarde des énigmes, semble avoir perdu son pouvoir de fascination. La ville peut bien, sous les yeux de Breton, changer de forme, *fuir, brûler* et *sombrer* (p. 182), il assiste « sans regret aucun » à sa métamorphose. Fasciné qu'il est par l'imprévisible, l'« étonnant prolongement »

1. Cf. la note de la page 175.

d'un « paysage mental » lui-même métamorphique. La première illustration de *Nadja* (p. 23) ne donnait à voir qu'un espace clos : une façade aveugle (la multiplication des fenêtres, paradoxalement, en aggravait encore l'opacité) interdisait toute échappée au regard. Les autres lieux représentés, ceux où, d'année en année, puis, avec Nadja, de jour en jour, il avait traqué « l'image la plus fugace et la plus alertée de [lui]-même » (p. 43), offraient la même topographie, étroitement délimitée par la prise de vue et le cadrage (cf. p. 182 : « ce paysage mental dont les limites me découragent »). Oui, « même la très belle et très inutile Porte Saint-Denis » (p. 37) ne permettait qu'une perspective balisée, n'ouvrait que sur un cul-de-sac en trompe-l'œil, et semblait condamner le promeneur à « revenir sur [ses] pas tout en croyant qu'[il] explore » (p. 10). Dans la toute dernière photographie, en revanche (que l'on peut supposer en parfait accord avec ce que Breton nomme, p. 176, « mon sentiment présent de moi-même »), l'espace s'ouvre librement, lumineusement ; le regard s'y perd dans l'invisible bleu d'un ciel sans limites.

Évoquant, tardivement, sa rencontre avec Breton et la liaison qui s'ensuivit, Suzanne Musard parle « d'une passion irréfléchie, aussi poétique que délirante[1] ». À vrai dire, pour reprendre ses propres termes, il semble que cet amour n'ait « vécu que dans les soubresauts des révoltes et des réconciliations ». En dépit de l'euphorique élan lyrique scandé par la litanie des « Toi qui... » à la fin de la

1. In M. Jean : *Autobiographie du surréalisme*, p. 320 sq. Cf. Dossier, p. 190.

troisième partie. En dépit de l'accord parfait, de l'harmonie sans dissonance aucune dont, un an plus tard, Breton semble vouloir porter encore témoignage lorsqu'il contresigne la réponse de la femme aimée à l'*Enquête sur l'amour* avec ce seul commentaire : « Aucune réponse différente de celle-ci ne pourrait être tenue pour la mienne[1]. »

1. In *RS*, n° 12, décembre 1929. Cf. Dossier, p. 192.

2. *VC*, p. 34.

Liaison orageuse et constamment déchirée. Bien avant la rupture définitive, intervenue au début de 1931 et qui résonne pathétiquement à travers les pages des *Vases communicants* : « le cœur était au mauvais fixe [...]. X n'était plus là, il n'était plus vraisemblable qu'elle y fût jamais [...], c'était atroce, c'était fou[2]... ». Les premières failles apparaissent sans doute dès les tout premiers jours. À peine ont-ils regagné Paris, vers la mi-décembre, que Suzanne repart. Pour un voyage en Corse, cette fois. Avec Berl. Breton se précipite à la gare de Lyon pour tenter de la retenir. En vain. Pendant les quelque trois années que dure cet amour, Suzanne (« passagère insoumise », ainsi qu'elle se définit elle-même) ne cesse d'osciller ainsi de Breton à Berl. Dans *Les vases communicants*, Breton explique, en termes au demeurant assez vagues, ces perpétuels « soubresauts » par « des raisons de caractère social » : ses propres « embarras pécuniaires », le « manque d'équilibre social assez particulier » de X. Délicat euphémisme : pour sa survie matérielle, Suzanne dépendait entièrement de Berl qui l'avait arrachée à la maison close où elle était pensionnaire... Dira-t-on que l'amour est aveugle ? Il a, assurément, ses raisons que la raison ne connaît pas : « Toi qui fais admirablement *tout* ce que tu fais et dont les raisons splendides, sans confiner pour moi à la déraison... » (p. 185). On s'en souvient peut-être : la seule idée que Nadja puisse, occasionnellement, pour survivre, se livrer à la prostitution (p. 106), avait suffi pour que Breton se détache d'elle à jamais (p. 135).

En tout état de cause, c'est en décembre, au plus fort de sa passion, que Breton entreprend d'achever enfin *Nadja*. La dépêche de « l'Île du Sable » (relayée trente-cinq ans plus tard par la « Dépêche retardée » datée de « Noël 1962 ») le confirme, qui a bien été publiée, le 27 décembre, dans un « journal du matin » (*Le Journal*).

Dans la soirée du 23 décembre 1927, l'aviatrice américaine Frances Grayson décollait de New York pour tenter la traversée de l'Atlantique. Elle ne devait jamais atteindre sa première escale, Terre-Neuve. Pendant toute la dernière semaine de décembre, l'événement (d'autant plus *médiatique*, dirions-nous aujourd'hui, que l'aviatrice était la nièce du président Wilson) devait occuper la une des journaux français, faisant vibrer comme un « sismographe » le cœur des lecteurs au rythme des « saccades » alternées de l'espoir (des messages de l'avion perdu auraient pu être captés...) et de la détresse : l'avion demeurait introuvable. Cet avion, Miss Grayson l'avait baptisé Dawn, l'Aube. Pour Breton, qui venait de rédiger les pages évoquant la main merveilleuse « levée vers LES AUBES », la main de celle que « tout ramène au point du jour », cette anecdote a dû apparaître comme une autre de ces « pétrifiantes coïncidences » qu'il relevait au début de *Nadja*. Comme un « signal » qui lui était spécialement destiné. Un message qui lui donnait de ses « nouvelles ».

La dernière page de *Nadja* reproduit un article paru le 26 décembre à la une d'un quotidien, *Le Journal*. Breton en a supprimé tous les détails référentiels, ne conservant que l'incertaine mention de l'*Île du Sable*. Sans doute pour sa charge symbolique : dans les sables du désert, tous les repères se diluent, toutes les pistes se perdent ; dans les sables mouvants de la mer, celui qui s'égare s'enlise à tout jamais... Par ailleurs, le « fragment de message » télégraphique capté par « l'opérateur » de l'*Île du Sable* résonnait comme un écho retardé des premières lignes de l'« Introduction au discours sur le peu de réalité » : Breton y révèle que la locution « Sans fil » fait partie de ces « faibles repères » qui lui « donnent parfois l'illusion de tenter la grande aventure ». Et qu'elle évoque pour lui « le sable des côtes [...], puis des îles, rien que des îles[1]... »

1. In *PJ*.

Lacunaire, brouillé d'« interférences » qui le rendent partiellement incompréhensible, le message de l'aviatrice perdue le renvoyait aussi, sans doute, au « soliloque » de Nadja, rendu « intraduisible » par « de longs silences » (p. 125). Aux paroles fragmentaires, erratiques de cette autre femme désormais disparue corps et biens dans le « désastre » de la folie.

---

3. LE RÉCIT IMPOSSIBLE

Dans la deuxième partie de *Nadja* — au moins pour les neuf jours qu'a durés l'écrasante actualité de cette femme dans sa vie —, Breton avait choisi de raconter par le menu, presque heure par heure, sa liaison avec Nadja. De l'éblouissante rencontre à la trop prévisible rupture. Selon une chronologie rigoureuse, qui rend compte des instants d'intense exaltation aussi bien que des moments de lassitude et d'ennui où, à proprement parler, rien ne se passe. Fidèle en cela (avec quelques aménagements, il est vrai...) au principe qu'il s'était d'entrée de jeu fixé : « Pour moi, je continuerai à habiter ma maison de verre, où l'on peut voir à toute heure qui vient me rendre visite... » (p. 18). Le récit prend en charge les moindres incidents, dont chacun est situé avec précision dans son décor propre, d'une irréfutable réalité : coins de rues, terrasses de cafés, affiches et enseignes... Il restitue les paroles échangées, décrit les gestes et les postures, note jusqu'aux détails vestimentaires. Le narrateur procède à la manière du « peintre étrangement scrupuleux » (p. 175) dont, quelques mois plus tard, la tentative de fixer sur la toile « la lumière déclinante » devait lui paraître si vaine.

Dans la troisième partie, rien de tel. Comme si, face à la « saccade » majeure qui est venue bouleverser le paysage mental et abolir le temps, tout récit était devenu non seulement inutile mais impossible. À la limite, l'armature syntaxique de la phrase elle-même s'efface sous la poussée de l'effusion lyrique qui n'en laisse plus subsister que des fragments erratiques : « La beauté, ni dynamique ni statique. Le cœur humain, beau comme un sismographe. » Aucune information (sinon que *cela* a eu lieu) n'est fournie au lecteur.

Les quelques détails signalés plus haut sont à rechercher dans le paratexte biographique (lettres, confidences, souvenirs) ou dans des textes postérieurs, à peine plus explicites d'ailleurs (*Les vases communicants*). En faisant violence à ce texte-ci qui, lui, a choisi d'annuler, dans le blanc typographique de ses ruptures, toute référence un peu précise.

« Royauté du silence » : bien plus tard, une fois la vague de fond retombée, la parole, le récit reprendront leurs droits. Dans *Les vases communicants*, par exemple : « J'en parle aujourd'hui, il arrive cette chose inattendue, cette chose misérable, cette chose merveilleuse et indifférente que j'en parle, il sera dit que j'en ai parlé[1]. »

1. *VC*, p. 34.

4. LE TEXTE CRYPTOGRAMME

Tout en proclamant la fin du règne des énigmes et l'avènement de la lumière (« Toi que tout ramène au point du jour », p. 186), Breton met en œuvre une poétique de l'indicible, de la rétention et du secret.

« L'élision complète des événements » (p. 175)

Les circonstances concrètes de la rencontre, les étapes de la liaison ne sont jamais exposées. Contrairement à ce qui s'est passé à propos de Nadja, l'entrée en scène de la femme aimée n'est pas annoncée ; son apparition n'est pas dite. Elle est déjà là, comme « de toute éternité », dans le rayonnement de sa présence absolue. La démarche rétrospective, inscription toujours déceptive d'une *trace*, d'un trajet toujours déjà parcouru, est abandonnée. Il ne s'agit plus de rattraper le temps passé, de remonter au point d'origine (« Je prendrai pour point de départ... », p. 24), de fixer sur le papier ce qui surnage encore dans ma mémoire de ce qui m'est advenu. C'est au cœur même de l'événement que se projette l'écriture pour tenter de « planter une étoile au cœur du fini » (p. 183). Puisque, aussi bien, la marche à l'étoile prédite par Nadja (« C'était vraiment une étoile, une étoile vers laquelle vous alliez. Vous ne pouviez manquer d'arriver à cette étoile », p. 81) semble avoir enfin atteint son but.

La femme aimée, par la seule vertu de sa présence ici-maintenant (« Puisque tu

existes, comme toi seule sais exister... »,
p. 187), échappe aux lois de la mémoire :
« toi qui ne peux plus te souvenir » (p. 184).
Elle rejette au néant de l'oubli les plus
tenaces souvenirs de l'autre : « Sans le faire
exprès tu t'es substituée aux formes qui
m'étaient les plus familières » (p. 186). Elle
annule la linéarité du temps dans un éternel
présent, où passé et futur fusionnent et
s'échangent : « ... apporté, qui sait déjà repris
par la Merveille... » (p. 176) ; « Je devine et
cela n'est pas plus tôt établi que j'ai déjà
deviné » (p. 183) ; « C'était de toute éternité
devant toi... » (p. 187) ; « Toi que tout
ramène au point du jour et que pour cela
même je ne reverrai peut-être plus »
(p. 186) ; « ... un train qui bondit sans cesse
[...] et dont je sais qu'il ne va jamais partir,
qu'il n'est pas parti » (p. 189).

L'enjeu de l'anonymat

Convoquant pour la première fois la femme
aimée, le texte laisse le lecteur en attente
d'un nom : « Alors que [...] tinte à mon
oreille un nom... » (p. 177). Mais cette
attente ne sera jamais comblée. Le « vrai
nom » n'est pas donné. Ni périphrase (« la
dame au gant ») ni pseudonyme (Nadja) ne
viennent préciser (fût-ce en la masquant),
donc fixer, limiter, l'identité de celle dont
pourtant Breton affirme qu'elle n'est ni
une « entité » ni une « Chimère » mais « une
femme ». Dénonçant/renonçant ainsi le pro-
cessus de mythification à l'œuvre dans les
précédentes rencontres. Et tout particulière-

ment dans celle de Nadja : « J'ai pris, du premier au dernier jour, Nadja pour un génie libre, quelque chose comme un de ces esprits de l'air... » (p. 130).

Du corps de cette femme, on ne saura, on ne verra rien non plus. Ou si peu que rien. Juste cette main « merveilleuse » qui, un jour d'hiver et de pluie, s'est « levée vers " LES AUBES " ». Main réelle certes, tendue vers un objet réel : l'enseigne d'un restaurant. Main symbolique aussi, désignant, au terme de l'errance à travers le « paradis des pièges », parmi les « ballots de nuit » et la succession des énigmes, la toute jeune lumière d'une nouvelle naissance.

De cette femme, on sait encore qu'elle est belle. Mais d'une beauté non définie. Donc illimitée, absolue. Beauté abstraite, en quelque sorte : « Toi, bien sûr, idéalement belle » (p. 186). Toute frémissante de vie, pourtant (« Toi, la créature la plus vivante... », p. 185), et donc d'une absolue concrétude.

La raison — toute biographique, anecdotique : « une femme que je n'appellerai d'aucun nom, pour ne pas la désobliger, sur sa demande » — fournie dans *Les vases communicants*[1] pour justifier l'anonymat de X se révèle insuffisante à rendre compte de la portée de la procédure de désignation mise en œuvre dans *Nadja*. Cette femme n'est ni nommée ni décrite. C'est dire qu'elle n'est ni objet du discours ni objet du regard. À l'inverse de Nadja, cantonnée au statut linguistique de la non-personne : « Elle, je sais qué... » (p. 130) ; « Qui est la vraie Nadja ? »

1. *VC*, p. 81.

(p. 133) ; « Qu'est-elle ? » (p. 145) ; « Que me proposait-elle... ? » (p. 159). À quelques exceptions près, il est vrai, mais plus apparentes que réelles : les scènes dialoguées que relate le journal — mais elles sont portées, filtrées par le regard et la voix du narrateur ; les phrases citées aux pages 137-138 et l'interrogation finale, « Est-ce vous Nadja ? » » — mais la « personne de Nadja », « le ton de sa voix » s'en sont déjà absentés : « Je ne vous entends pas » (p. 172).

L/Elle : le dessin de la page 123, le premier qu'elle ait montré à Breton, Nadja se refusait à l'interpréter : « elle ne peut rien dire » ; « sans que j'arrive à lui faire dire pourquoi » (p. 124). Peut-être parce que, sous la quadruple inscription, dans l'initiale hyperbolique, de son identité (L = Léona) s'y dit aussi son éviction comme « personne » : L = elle ? *Elle*, donc, toujours : « *Qu'est-elle ?* » — et non : « *Qui suis-je ?* » — demande un autre dessin (p. 145). Et la silhouette de cette elle-objet, impalpable, discontinue — tracée en pointillés —, semble comme écrasée par un énorme point d'interrogation d'un noir menaçant. Lorsqu'elle tente de décliner son identité, c'est sous les espèces d'un fantôme : « Je suis l'âme errante » (p. 82). Ou de la plus évanescente des matières, la buée qui, sur le miroir, occulte toute image de soi : « Je suis la pensée sur le bain dans la pièce sans glaces » (p. 118).

S'il arrive à Nadja de se rêver en Sphinx (p. 130), c'est à elle-même qu'elle pose l'énigme fatidique. C'est elle-même (et elle seule) que, pour n'avoir pas su trouver la réponse, elle finira par foudroyer.

Dès sa première occurrence dans le texte (p. 184), tout au contraire, la femme à la main merveilleuse est désignée — exclusivement et avec une très particulière insistance — par le

pronom personnel de la seconde personne :
« te », « Toi », « tu ». Son identité se constitue
dans et de l'échange de personne à personne, de sujet à sujet qui est la forme première — récurrente et permanente — de
son rapport au *je* du narrateur-scripteur :
« C'est cette histoire que [...] j'ai obéi au
désir de te conter [...], toi qui [...] es intervenue [...] auprès de moi... » (p. 184) ;
« " C'est encore l'amour " disais-tu [...]. Je
ne contredirai jamais à cette formule... »
(p. 187).

Comme telle, cette identité est donnée
d'emblée, pleinement. Sans que soient
nécessaires les questions qui — modulant
l'interrogation du « Qui suis-je ? » inaugural
— jalonnent les étapes de la première rencontre avec Nadja : « Elle vient seulement
de songer à me demander qui je suis... »
(p. 76) ; « Je veux lui poser une question qui
résume toutes les autres [...] : " Qui êtes-
vous ? " » (p. 82).

En ce sens, « Toi » est bien celle qui
détourne de l'énigme.

La condensation métaphorique

L'image (visible) de la « vaste plaque indicatrice [...] LES AUBES » (p. 182) vient surimpressionner une enseigne vue naguère en
Avignon. Celle du restaurant « Sous les
aubes ». Grâce au cadrage qui, en tronquant
le libellé, la change en métaphore, l'enseigne
révèle le message secret, aux seuls amants
destiné, qu'elle dissimulait sous sa banalité
référentielle. Pointée comme un index vers

la trouée lumineuse qui ouvre dans l'opacité des feuillages l'immensité du ciel, elle tient lieu — sans pour autant la trahir — de la main de celle « que tout ramène au point du jour » : « Toi qui de tout ce que j'ai dit ici n'auras reçu qu'un peu de pluie sur ta main levée vers "LES AUBES" » (p. 185). L'aube, le point du jour, la naissance à la vraie vie : l'avion de l'Île du Sable, perdu en plein ciel et piloté par une main de femme, avait pour nom *Dawn*. En français : « Aube ». Mais cela, le texte, occultant un des chaînons de la chaîne signifiante, ne le dit pas.

L'image (purement lisible, celle-ci) du train « qui bondit sans cesse dans la gare de *Lyon* » (p. 189) est utilisée pour dire la beauté surréaliste, l'oxymorique « explosante-fixe ». Mais, explicitement relié à la femme aimée (« La beauté, je l'ai vue comme je te vois »), le métaphorique train qui « ne va jamais partir », qui « n'est pas parti », se superposant, dans la réitération dénégatoire, à cet autre train qui, un jour de décembre, dans cette même gare, est bel et bien parti, tout à la fois en masque et en exhibe l'intolérable réalité.

Dans les deux cas, un artifice typographique — portant précisément sur le point d'articulation du métaphorique et du référentiel : LES AUBES, la gare de *Lyon* — signale au lecteur (s'il est attentif aux signes...) la manipulation rhétorique.

Le jeu des allusions

Si aucune information précise n'est fournie,

il appartient au lecteur curieux de débusquer (à l'aide par exemple des souvenirs de Suzanne Musard) les « soubresauts des révoltes et des réconciliations » derrière les « grands buissons de larmes », la première dispute (il s'agissait de l'éventuel divorce de Breton), derrière la formule magique dont s'arme la passion (p. 187). Au cœur de la litanie amoureuse, qui affirme, sur le mode têtu de la dénégation, la transparence et la pérennité de la présence absolue (« Tout ce que je sais est que cette substitution de personne s'arrête à toi » ; « Je dis que tu me détournes pour toujours de l'énigme », p. 186-187), il faut deviner, tout aussi têtue, l'angoisse secrète de la séparation : « Et qu'apporté, qui sait repris déjà par la Merveille... » (p. 176) ; « Entrer et sortir que toi » (p. 185) ; « Toi que [...] je ne reverrai peut-être plus » (p. 186) ; « Ce [...] dont [...] j'espère et de toute mon âme je crois qu'il se laissera redire » (p. 189).

5. « LE DÉSIR DE *TE* CONTER » CETTE HISTOIRE (p. 184)

Alors que, dans les deux premiers volets, le monde extérieur, la vie tout entière prenait l'apparence d'un cryptogramme, ici c'est le texte lui-même qui devient un message chiffré — et, de plus, lacunaire — dont seuls *je* et *toi* détiennent la clé. Jusqu'ici, le lecteur virtuel (souvent d'ailleurs pris à partie, voire malmené : « ceci toujours pour les amateurs de solutions faciles », p. 96 ; « Ceux qui rient

de cette phrase sont des porcs », p. 45, etc.)
pouvait avoir le sentiment d'être, en quelque
sorte, partie prenante dans l'histoire qui lui
était contée. Ne lui avait-on pas promis un
de ces livres « qu'on laisse battants comme
des portes et dont on n'a pas à chercher la
clé » ? (p. 18). Il arrivait au scripteur, glissant
du *je* au *nous*, de lui faire directement parta-
ger sa propre expérience (p. 21). De s'effor-
cer de le convaincre : « Je regrette mais je n'y
puis rien que ceci passe peut-être les limites
de la crédibilité » (p. 96). De se mettre à nu
devant lui : « J'avoue que... » (p. 96 et 169) ;
« Je n'ajouterai pour ma défense... » (p. 171).
De solliciter son avis — « On conviendra que
ce n'était pas là... » (p. 46) ; « D'autres que
moi épilogueront... » (p. 160) —, voire
même sa participation active : « J'espère [...]
que la présentation d'une série d'observations de cet ordre [...] sera de nature à précipiter quelques hommes dans la rue... »
(p. 68).

Dans le troisième volet, au contraire, le
lecteur semble être mis hors jeu, délibérément tenu à l'écart : « Comment pourrais-je
me faire entendre ? » (p. 175) ; « ... me croira
qui veut... » (p. 176). Au seul profit de la nar-
rataire unique que le texte s'est choisie, et
qu'il désigne avec insistance : « Toi qui... »
Breton reprend l'image du « livre [...] battant
comme une porte ». Mais c'est pour la corriger et en infléchir tout autrement le sens :
« par cette porte je ne verrai sans doute
jamais entrer que toi ». La « porte cavalière »
de la page 12 s'est changée en porte dérobée,
passage secret réservé au seul usage des

amants... Désormais, c'est à « Toi », et à elle seule, que le scripteur s'adresse : « C'est cette histoire que moi aussi j'ai obéi au désir de *te* conter... » (p. 184). C'est par la médiation de « Toi » que le lecteur, lorsqu'il est convoqué, doit passer : « Toi qui, pour tous ceux qui m'écoutent, ne dois pas être... » (p. 185).

Lorsque, aux toutes dernières lignes, l'interlocutrice privilégiée s'efface du texte, ce retrait ne ménage pas à nouveau sa place au lecteur. La maxime finale, isolée par le blanc typographique et par les majuscules qui en aggravent le ton impérieux et comminatoire, ne sollicite nullement son approbation. Ni même à vrai dire sa compréhension. La lumière de la révélation — ici confondue avec la fulguration de l'amour — se suffit à elle-même. Deux ans plus tard, le *Second manifeste*, jetant l'anathème sur « ceux qui distribueraient le *pain maudit* aux oiseaux », prétendra tout uniment « empêcher le public d'entrer [...], le tenir exaspéré à la porte[1] ».

1. *M2*, p. 128-130.

E. NE PAS « DÉMÉRITER DE LA VIE »
(p. 273)

Ainsi, l'imprévisible, la bouleversante « irruption dans [sa] vie » d'une femme a seule permis à Breton de mener à son terme, à sa « conclusion », l'écriture d'un livre entrepris sous le signe d'une autre femme, dont il avait cru que, de cette *vie* justement, elle était en mesure de lui révéler le sens :

« Cette conclusion ne prend même son vrai sens et toute sa force qu'à travers toi » (p. 187).

Mais il s'agit ici, dans cette assez banale « substitution de personnes », de bien autre chose que des aléas, des fluctuations anecdotiques de la vie sentimentale d'un homme. C'est tout le problème des rapports — plus exactement : des interactions — de l'écrit et du vécu qui est remis en jeu. C'est à toute la théorie surréaliste (bretonienne ?) de la valeur opératoire et de la fonction heuristique de l'écriture que la vie apporte la plus éclatante et — aux yeux de Breton — la plus irréfutable des confirmations.

1. LA NÉCESSAIRE SYMBIOSE DE L'ÉCRIT ET DU VÉCU

Depuis longtemps, depuis au moins la provocatrice (n'avait-elle pas été inspirée par Tzara l'iconoclaste ?) enquête « Pourquoi écrivez-vous[1] ? », Breton et ses amis avaient cessé de ne voir dans l'écriture qu'un simple *moyen d'expression* plus ou moins bien maîtrisé. Les écrivains qui gardent à leurs yeux quelque prestige sont ceux (Rimbaud, Lautréamont, par exemple) qui « n'ont pas fait profession d'écrire ». S'ils les admirent, c'est parce que « leur attitude en tant qu'hommes laisse loin leurs mérites d'écrivains » et que seule cette attitude donne son sens véritable à leur œuvre[2]. Aux premières pages de *Nadja*, Breton, réaffirmant la nécessaire symbiose de l'écrit et du vécu, propose à la

1. In *Littérature*, n° 9, décembre 1919.

2. « Réponse à une enquête », *Le Figaro*, 21 mai 1922, *PP*, p. 109.

critique littéraire de chercher le sens profond d'une œuvre là où « la personne de l'auteur s'exprime en toute indépendance ». C'est-à-dire dans « les menus faits de la vie courante » (p. 12).

La découverte et la pratique, en 1919, de l'écriture automatique, conçue comme la transcription immédiate d'un « langage sans réserve », susceptible de « s'adapter à toutes les circonstances de la vie », avait démontré l'efficace d'une écriture en prise directe sur « les étendues illimitées où s'exercent [les] désirs[1] ». Et c'est bien à l'aune de « la phrase ou [du] texte " automatique " » (p. 21) que, dans *Nadja*, Breton mesure « les épisodes les plus marquants de [sa] vie » (p. 19). Ceux qu'il présume susceptibles de lui révéler « ce qu'entre tous les autres (il est) venu faire en ce monde » (p. 11).

1. *M.*, p. 45 et 49.

Au moment où il entreprend d'écrire *Nadja,* Breton tient pour acquis que l'écriture « n'aurait pour [lui] aucun intérêt s'[il] ne [s']attendai[t] pas à ce qu'elle suggère à quelques-uns de [ses] amis et à [lui]-même une solution particulière au problème de [leur] vie[2] ». À vrai dire, il parle ici de « la poésie ». Mais y a-t-il, pour un surréaliste, d'autre écriture que poétique ? C'est pourquoi, sans doute, il prend soin de noter le lieu, le moment où il écrit, leur insertion précise dans son vécu : « en août 1927 », au « manoir d'Ango », dans « une cahute masquée artificiellement de broussailles » (p. 24) ou « dans la loggia » (p. 58). Et encore : « En finissant hier soir de conter ce qui précède... » (p. 55) ; « de la fin d'août, date de

2. « Réponse à une enquête », *op. cit.*, p. 110.

son interruption, à la fin de décembre, où cette histoire [...] se détache de moi... » (p. 176).

2. TEMPS DE L'ÉCRITURE / TEMPS DU VÉCU

Des deux premières parties à la troisième, le rapport entre l'espace-temps de l'écriture et celui du vécu raconté — ou suggéré — s'est radicalement modifié. Dans la troisième partie, ils sont rigoureusement concomitants. Le présent de l'écriture se déploie dans l'immédiate actualité du vécu, où la « présence absolue » de « Toi » est en parfaite coïncidence avec « mon sentiment présent de moi-même » (p. 176). Nul décalage ou distorsion, nulle modalisation ou interprétation *a posteriori*. Toute opacité est désormais abolie : « Je devine et cela n'est pas plus tôt établi que j'ai déjà deviné » (p. 183). Dans les deux premiers volets du triptyque, en revanche, l'ici-maintenant de l'écriture est toujours (à une exception près), avec des écarts d'une amplitude variable, postérieur à celui du vécu raconté. Le scripteur balise avec soin les écarts et la variation de leur amplitude. Délimitant d'abord l'ouverture maximale du compas, de l'hôtel des Grands-Hommes en 1918 (ou plus exactement : de Nantes, en 1915, cf. p. 59) au manoir d'Ango en août 1927. Disposant ici ou là des repères ou des indices temporels : « l'année dernière » (p. 33 et 45) ; « à l'époque des sommeils » (p. 35) ; « au temps où » (p. 40) ;

« depuis lors » (p. 59) ; « à cette époque », « tout récemment encore » (p. 62) ; « un jour » (p. 64) ; « le 4 octobre dernier » (p. 71)... Repères qui, pour être le plus souvent remarquablement incertains, n'en visent pas moins à souligner le statut rétrospectif de l'écriture. Voire sa nécessaire inadéquation à l'événement relaté. Telle notation furtive dit et redit l'irréductible retard de l'écrit sur le vécu : le « passage de l'Opéra aujourd'hui détruit » (p. 43) ; « au théâtre des Deux Masques qui depuis lors a fait place à un cabaret » (p. 45) ; Blanche Derval, « de qui [...] je n'ai plus entendu parler » (p. 55). Ainsi s'amorce déjà le constat désabusé sur « ce qu'il advient de " la forme d'une ville " » (p. 182). Ainsi se trouve d'avance vérifié l'apologue du peintre de Marseille dont les pinceaux tentent en vain de rattraper le soleil (p. 175). « Ainsi fait le temps... » (p. 182).

L'écriture est ici contemporaine non de l'événement, dans son surgissement et son actualité bouleversants, mais de son interprétation, de son déchiffrement, de la mise en perspective et en résonance qui lui donne sens. Si le récit de tel ou tel événement passé est bien fait au présent (la rencontre avec Eluard ou Fanny Beznos, l'annonce de l'arrivée de Péret, les sommeils inspirés de Desnos, le scénario des *Détraquées*), il ne s'agit jamais que d'un procédé rhétorique d'actualisation. L'artifice en est presque toujours signalé par l'utilisation, avant ou après l'anecdote, d'un passé qui restitue l'événement en son temps propre. La procédure est particulièrement ostensible au début de la deuxième partie. Le journal fictif de la rencontre, qui prétend restituer, intacte, la présence de Nadja, vient se greffer, sans solution de continuité, sur un récit explicitement rétrospectif (« le 4 octobre dernier... ») et s'interrompt brutalement par un retour à l'espace-temps de l'écriture : « Se peut-il qu'*ici* cette poursuite éperdue prenne fin » (p. 127). Il cède alors la place à un bilan de l'expérience naguère vécue où Nadja n'est plus qu'un mirage de la mémoire : « Mais j'en juge *a posteriori*... ». Une re-présentation. Et c'est bien ce qu'elle était, dès sa première apparition dans le texte : « ce qui justifie sans plus tarder ici l'entrée en scène de Nadja. » *Ici :* dans cette phrase. Sur la scène de l'écriture. Dont tous les charmes et tous les prestiges sont aussitôt sollicités, qui vont permettre, artificieusement, de redonner vie au fantôme que Nadja est désormais devenue. Comme au théâtre, voici que le décor change. À l'espace-temps de l'écriture s'en surimpose un autre. Qui n'a d'existence que scripturale : « Enfin voici que la tour du manoir d'Ango saute... » (p. 69).

De ce que vit le scripteur, en ce mois d'août 1927, à Varengeville-sur-Mer, on ne sait rien. Sinon, justement, qu'il écrit *Nadja*. À une exception près : « Il y a quelques jours, Louis Aragon me faisait remarquer... » (p. 65). Mais l'exception est plus apparente que réelle. S'il est fait ici mention d'une rencontre avec Aragon, n'est-ce pas surtout pour rappeler que, à Varengeville, tandis que Breton écrit *Nadja*, il rédige, lui, *Le traité du style* ? Bien sûr, il est aussi question d'une visite à « la dame que nous appellerons la dame au gant »... Mais, paradoxalement, à proposer ainsi — dans la trouvaille conjuguée de l'enseigne à double lecture et du tableau changeant, sous l'égide de la même femme — un ultime exemple de ces « rapprochements soudains » dont, écrivant *Nadja*, Breton s'est donné pour but de repérer l'intervention — imprévisible et pourtant inévitable — dans sa vie, le hasard du vécu semble, loin d'en distraire le scripteur, se mettre au service du projet d'écriture et en cautionner, une fois encore, la pertinence.

Certes, il est vrai que « la vie est autre que ce qu'on écrit » (p. 82).

Présentée comme dite par Breton à Nadja le 4 octobre, cette phrase a, en réalité, été ajoutée, en 1928, sur les premières épreuves d'imprimeur. Ainsi témoigne-t-elle moins de l'état d'esprit de Breton en octobre 1926 (temps de l'événement), voire même en août 1927 (temps du premier jet de l'écriture), que de la radicale remise en cause opérée à l'automne 1927, par la rencontre de « Toi », de la vie du scripteur et du livre en cours d'élaboration.

L'écrit — et, plus spécifiquement ici, le récit — peut, certes, servir à authentifier l'événement qui a eu lieu, à en perpétuer la trace. Mais il se réduit à le doubler d'une relation qui, si minutieuse, si objective et documentée qu'elle se veuille, ne peut qu'en amortir l'ébranlement.

Il est vrai aussi que la vie, lorsque, par impossible, elle s'accorde pleinement au désir, rend toute écriture inutile : « Il me semble que *tout* se fût arrêté net, ah ! je n'en serais pas à écrire ce que j'écris » (p. 45). Il est vrai encore que, pour consacrer trop de temps à « préparer quelque chose comme un livre » (à en prévoir les rouages et à en calculer l'agencement), on court le risque de « démériter de la vie » (p. 173). De laisser échapper ce qu'elle peut nous offrir de non préparé, d'imprévisible. D'événement pur, échappant à tout calcul.

3. L'ÉCRITURE RÉVERSIBLE À LA VIE

Mais — et là réside pour Breton la grande leçon de *Nadja* — il peut aussi advenir que l'écriture se révèle tout entière réversible à la vie. Alors même que le scripteur (comme Breton décidant d'écrire *Nadja*) lui assigne en toute conscience pour mission de rendre compte de ce qui a été réellement vécu et d'en dégager après coup le sens, elle peut, à son insu, frayer la voie à un non encore advenu auquel elle ménage un espace. Et dans cet espace trouvera à se réaliser le désir qui a été le moteur secret de l'écriture. Ainsi prend sens l'étrange parenthèse qui, à la page 24, fait pour le lecteur (et sans doute aussi pour le scripteur...) figure d'énigme : « une cahute [...] d'où je pourrai [...] chasser au grand duc. (Était-il possible qu'il en fût autrement dès lors que je voulais écrire *Nadja* ?) ». Si l'on veut bien se souvenir que le « grand duc », utilisé comme appelant par les chasseurs, leur sert à piéger le gibier séduit par le leurre qu'il lui propose, il apparaît que les deux premières parties de *Nadja* (projetées et écrites en août 1927 au manoir d'Ango) se sont constituées, à l'insu de Breton, en machine à piéger la vie. En « appelant » qui va permettre au désir de susciter, au cœur même du réel, son objet. « Me croira qui veut », comme l'écrit Breton, page 176...

Le blanc typographique entre la deuxième et la troisième partie de *Nadja* signale l'interruption de l'écriture au profit de la vie (« j'ai vécu mal ou bien, comme on peut vivre », p. 176) et visualise cet espace du désir. « Intervalle très court, négligeable pour un lecteur pressé et même pour un autre mais, il me faut bien dire, démesuré et d'un prix inappréciable pour moi » (p. 175), il appartient au livre tout en témoignant de son efficace dans la vie du scripteur. Et c'est en ce lieu du texte qu'apparaît enfin le visage de Breton. Relié par la légende à la pratique d'écriture qui a permis à la fois le texte *Nadja* et la présence de « Toi ». Tourné vers l'« intervalle » qui précède et dont il semble émerger. Comme une réponse longuement retardée à l'interrogation inaugurale et à sa relance à la fin de la seconde partie (p. 172).

Tout s'est passé comme si, à tenter de fixer dans le présent de l'écriture l'événement passé, Breton avait de nouveau réactivé en lui ce « désir d'aimer et d'être aimé en quête de son véritable objet humain et dans sa douloureuse ignorance[1] » qui, dans le

1. *AF,* p. 40.

désœuvrement morne de l'après-midi du 4 octobre, avait *cristallisé* autour de la frêle silhouette d'une passante. Désir dont, au fil des jours, Nadja s'est révélée ne pas être le « véritable objet ». C'est ce dont, écrivant *Nadja*, Breton est amené à prendre pleinement conscience : « Mais j'en juge *a posteriori...* » (p. 159) ; « À vrai dire peut-être ne nous sommes-nous jamais entendus... » (p. 157).

La relation minutieuse de l'aventure vécue avec Nadja *décharge* sans doute cette aventure de son « coefficient affectif » (p. 175). Le brutal coup d'arrêt donné au « journal » et sa relève par le discours rétrospectif en témoignent. Mais c'est pour *recharger* d'autant le désir qu'elle a laissé insatisfait. Le travail de l'écriture (qui est travail sur soi) condense et polarise la ferveur et le désir du sujet. De cette polarisation, on peut reconnaître la marque dans l'omission — ou l'occultation — de toute activité, de toute préoccupation extérieure aux relations Breton/Nadja, l'effet de condensation prenant appui sur les lacunes du récit.

Telle est l'efficace de l'écrit : il a de nouveau rendu son scripteur disponible à l'appel de la Merveille, « la Merveille en qui, de la première à la dernière page de ce livre, [sa] foi n'aura du moins pas changé » (p. 176). Le récit a, en quelque sorte, laissé le champ libre au désir, il a fait place nette. Et à cette place vient s'inscrire l'amour véritable, qui rend tout récit inutile.

4. LE RÉCIT « DE QUELQUE CHOSE QUI NE S'EST POURTANT PAS PASSÉ »

De ce pouvoir quasi magique (en ce sens que le langage y semble imposer sa forme à la réalité du monde et en disposer à son gré) de l'écriture, les deux premières parties de *Nadja* proposaient chacune une manifestation. Plus discrète. Presque occultée par le dispositif textuel.

L'épisode du « rêve assez infâme » (seule véritable exception au statut rétrospectif de l'écriture) paraît bien avoir été tout entier produit/induit par la rédaction du passage sur *Les Détraquées* et par les « conjectures » que celle-ci a suscitées : « En finissant hier soir de conter [...] » ; « Il est indiscutable [...] qu'au passage autrement inexplicable d'une image de ce genre du plan de la remarque sans intérêt au plan émotif concourent au premier chef l'évocation de certains épisodes des *Détraquées* et le retour à ces conjectures dont je parlais » (p. 55-59). Mais il ne s'agit encore ici que d'un rêve, et la théorie freudienne, à laquelle Breton se réfère scrupuleusement, en proposant une explication rationnelle, scientifique du phénomène, en a sans doute à ses propres yeux masqué la vraie nature. Il n'en reste pas moins que la disposition typographique adoptée (l'insertion de ces trois pages entre parenthèses les signale comme hétérogènes au contexte) est là pour suggérer qu'il y a au moins pressenti la mise en œuvre d'un mécanisme autre.

Dans le second cas (p. 92-93), l'occultation tient à l'attitude quelque peu confusionnelle de Nadja, à sa croyance en la métempsycose dont Breton ne peut cautionner l'idéalisme : « Qui étais-je il y a des siècles. Et toi alors, qui étais-tu » (p. 97). Pour lui en effet, l'*au-delà* est tout entier dans cette vie, et, puisque l'imaginaire est ce qui tend à devenir réel, la surréalité ne peut qu'être au cœur de la réalité.

Il s'agit de la « courte scène dialoguée » de l'historiette 31 de *Poisson soluble*, dont l'action se déroule dans l'île Saint-Louis. Nadja prétend, contre toute vraisemblance, « y avoir participé *vraiment* et même [...] y avoir joué le rôle » d'un des personnages, Hélène. *Vraiment,* dit Nadja. Par ce mot elle nie toute hétérogénéité de l'écrit au vécu, de l'imaginaire au réel. Elle dénie toute rigueur, toute valeur à l'ordre de la logique comme à celui de la chronologie. Mais, voulant « montrer " où cela se passait " », elle conduit Breton place Dauphine, où se situe l'action de l'historiette 24 du même recueil[1]. Or, ce texte, apparemment, Nadja ne le connaît pas, puisque, Breton vient de le noter, l'historiette 31 « paraît être tout ce qu'elle a lu » du volume qu'il lui a prêté la veille. Breton n'accorde que peu d'intérêt à l'incident, le commentant à peine d'une désinvolte incise : « Chose curieuse ». À lire parallèlement les deux historiettes concernées et le récit de la soirée du 6 octobre, on ne peut pourtant que repérer d'étranges coïncidences. Comme si, écrivant en 1924, sous la dictée automatique, *Poisson soluble,*

1. *PS, OC I*, « historiette » 31, p. 390-392 ; « historiette » 24, p. 380-381. Cf. Dossier, p. 213-215.

Breton avait sans le savoir pré-vu la soirée qu'il passe, ce 6 octobre 1926, avec Nadja...

L'interprétation délirante (?) que donne Nadja de l'historiette 31 intervient quelques minutes après qu'elle a offert « en silence » ses lèvres au baiser. Or, dans une de ses interventions, « Hélène » murmurait : « Si les baisers s'étaient tus... » Et l'historiette 24, scandée par le refrain « un baiser est si vite oublié », raconte une nuit passée « en compagnie d'une femme frêle et avertie » (les deux adjectifs pourraient servir à définir Nadja...) sur « une place publique du côté du Pont-Neuf ». C'est-à-dire place Dauphine. En ce lieu (celui-là même où leur errance a conduit Nadja et Breton), les amants imaginaires rejettent « autour d'eux des drapeaux » (rouges ?) qui « allaient se poser aux fenêtres ». En outre, dans l'historiette 31 cette fois, « Satan » (Nadja, quelques jours plus tard, ne se donnera-t-elle pas, « avec une étonnante facilité, les airs du Diable tel qu'il apparaît dans les gravures romantiques » ?, p. 120), Satan, donc, prétend avoir fait apparaître sur la façade d'un édifice des « lueurs rougeâtres d'un aspect très désagréable ». Et voici que, place Dauphine, ce soir-là, sur l'ordre de Nadja, une fenêtre de noire devient rouge... « J'avoue qu'ici la peur me prend », commente Breton...

5. DE *NADJA* À *L'AMOUR FOU*

Le lecteur peut, choisissant le camp des « amateurs de solutions faciles » (p. 96), s'en tenir à une explication rationnelle et dire que Nadja, ayant lu *Poisson soluble* (mais pourquoi aurait-elle retenu précisément *ces* deux historiettes ?), joue ici, pour séduire Breton, à réaliser les scènes qu'il s'était contenté d'imaginer. Que de plus, ayant vécu à l'hôtel Henri IV, elle sait que la fenêtre en question s'éclaire tous les jours à la même heure et qu'elle a des rideaux rouges... (Breton lui-même d'ailleurs paraît bien ne pas totalement en exclure l'hypothèse). Il le pourrait du moins s'il n'y avait pas *L'amour fou* : Breton y procède à la confrontation minutieuse de « l'aventure purement imaginaire » racontée dans un poème (automatique comme le sont les historiettes de *Poisson soluble*) écrit en 1923, « *Tournesol* », avec « l'accomplissement tardif, mais combien impressionnant par sa rigueur, de cette aventure sur le plan de la vie » en 1934[1].

De l'historiette 31, Breton dit, dans *Nadja* (p. 92), qu'il n'a « jamais su [lui] attribuer de sens précis » et que « les personnages [lui en] sont aussi étrangers, leur agitation aussi ininterprétable que possible ». De même, dans *L'amour fou*, il affirme avoir longtemps tenu « Tournesol » pour un texte opaque, dont, même, « la part d'obscurité immédiate » le rebutait. Jusqu'à cette nuit de mai 1934 où, à l'éblouissante lumière de l'amour, ce « récit de *quelque chose qui ne s'est pourtant pas passé* » lui appa-

1. *AF*, p. 77-94. Cf. Dossier, p. 210-213.

raît comme « annonciateur » de ce qui, onze ans plus tard, est en train de se passer.

Libre au lecteur de ne voir dans ces pages de *L'amour fou*, comme dans les élucubrations de Nadja, qu'un délire d'interprétation et de refermer le livre en taxant son auteur d'obscurantisme. Mais il lui est aussi loisible, relisant la « scène dialoguée » où Nadja s'est reconnue, de noter que « les symboles » y ont explicitement « une valeur de promesse », que « leur transparence » n'est « pas tout à fait une question de temps ». Et de penser que si, pendant la nuit du 6 octobre, Breton n'a pas su tenir cette promesse, si « les symboles » lui en sont demeurés lettre morte (alors que Nadja, elle, les déchiffrait), la raison en est peut-être seulement que, en l'absence de l'amour, la clé lui en demeurait hors d'atteinte : « Il peut y avoir de ces fausses annonciations [...], abîme, abîme où s'est rejeté l'oiseau splendidement triste de la divination » (p. 105). Ici encore, Nadja n'aura été que le début d'une espérance qu'il devait être donné à une autre d'accomplir pleinement. La figure d'un « pressentiment » que, à l'époque où il écrivait *Nadja*, Breton n'était pas encore en situation de reconnaître comme tel. Il lui faudra attendre d'avoir perdu X, rencontré la « toute-puissante ordonnatrice » de la nuit du Tournesol et — puisque, chez lui, l'écriture et la vie sont l'une à l'autre indéfiniment réversibles — d'avoir commencé à écrire *L'amour fou*...

En tout état de cause, « la personne de Nadja » et, par contrecoup, l'écriture de *Nadja*, ont sans doute, s'agissant de la conception surréaliste des interactions de l'écriture et de la vie, mis Breton sur la voie d'une découverte dont il ne devait mesurer la juste portée que des années plus tard. En cela, dans la vie et l'œuvre de Breton comme, plus largement, dans l'évolution du surréalisme, *Nadja* constitue une charnière. Que cette découverte ait été ou non illusoire, qu'elle témoigne ou non d'une mentalité prélogique, relève de l'appréciation subjective du lecteur, de sa plus ou moins grande capacité à accueillir les manifestations de ce que Dali devait nommer l'« irrationalité concrète ». Pour Breton, elle a eu statut de révélation. Refuser de la prendre en considération (fût-ce de façon critique) conduirait sinon à ne rien comprendre, du moins à porter gravement atteinte au surréalisme, tel, en tout cas, que Breton, depuis 1924, n'a cessé d'en définir les données fondamentales et d'en délimiter le champ d'action.

III. LA CLARIFICATION ET L'AFFERMISSEMENT DU TON SURRÉALISTE

Ô tourbillon plus savant que la rose
Tourbillon qui emporte l'esprit qui me regagne
*   à l'illusion enfantine*
Que tout est là pour quelque chose qui me
*   concerne*

Qu'est-ce qui est écrit
Il y a ce qui est écrit et ce que nous écrivons
Où est la grille qui montrerait que si son tracé
        extérieur
Cesse d'être juxtaposable à son tracé intérieur
La main passe

Plus à portée de l'homme il est d'autres coïnci-
        dences
Véritables fanaux dans la nuit du sens
C'était plus improbable c'est donc exprès
Mais les gens sont si bien en train de se noyer
Que ne leur demandez pas de saisir la perche[1]

1. « Fata Morgana », in *SA*, p. 40.

Nadja, récit d'une aventure individuelle, affirmation et (dé)monstration de la « singularité » d'un sujet, fait aussi, dans une certaine mesure, figure de *manifeste*, prolongeant l'exposé des « données fondamentales » du *Manifeste* de 1924 et témoignant des avancées théoriques du groupe, les unes et les autres articulées à une pratique surréaliste de la vie.

Dans le troisième mouvement des *Vases communicants*, Breton s'interroge sur le rôle et la fonction de l'intellectuel et du poète — donc du surréaliste... — dans une révolution qui, à ses yeux, ne peut / ne doit pas être dissociée du « devenir général de l'être humain [...] éternellement se faisant et éternellement inachevé ». Il place alors explicitement cette réflexion, capitale pour l'évolution du surréalisme, sous le signe de *Nadja*. Il choisit en effet pour exergue une des premières phrases que Nadja lui a dites, le jour de leur première rencontre : « Vous ne pourrez jamais voir cette étoile comme je la voyais. Vous ne comprenez pas : elle est comme le cœur d'une fleur sans cœur » (p. 81). De cette improbable fleur imaginaire, il fait la « fleur axiale » emblématique du surréalisme, « absolument et simplement présente parce que vraie[1] ».

1. *VC*, p. 139, 158 et 159

A. « CHANGER LA VIE » ET « REFAIRE L'ENTENDEMENT HUMAIN »

2. « Pleine Marge », in *SA*, p. 30.

Aux sombres heures de 1940, dans « Pleine marge[2] », Breton réitère, en son nom propre, la revendication de « nonconformisme absolu » inhérente au surréalisme :

« Je ne suis pas pour les adeptes
  Je n'ai jamais habité au lieu dit la Grenouillère
  [...]
  Je n'ai jamais été porté que vers ce qui ne se tenait pas à carreau... »

Et, parmi la théorie des figures féminines — réelles, légendaires, mythiques ou fantasmées — qui ont mission de confirmer le poète dans son refus « des systèmes tout érigés », une des premières à inscrire sa silhouette en filigrane dans le poème est sans doute Nadja :

« Je n'ai vu à l'exclusion des autres
  Que des femmes qui avaient maille à partir avec leur temps
  [...]
  Ou encore absentes il y a moins d'une seconde, elles me précédaient du pas de la Joueuse de tympanon

Dans la rue au moindre vent où leurs cheveux portaient la torche. »

Comment en effet ne pas évoquer ici la rencontre (« Tout à coup [...] je vois... ») de la jeune femme blonde du 4 octobre, « si frêle qu'elle se pose à peine en marchant », qui, « très pauvrement vêtue » et « curieusement fardée », se recommande d'abord à l'attention — comme l'avait fait l'héroïne des *Détraquées* — par « ce rien de " déclassé " que nous aimons tant » (p. 49). De celle qui n'aimait qu'être « dans la rue [...], à portée d'interrogation de tout être humain lancé sur une grande chimère » (p. 133). De celle qui, dès le premier regard, se signale par son aisance à « passer outre à ce qui est défendu » comme à ce qui est « ordonné ». De celle enfin qui, pour n'avoir pas su « se tenir à carreau », devait bien avoir « maille à partir », sinon peut-être avec son temps, du moins avec les « appareils dits de conservation sociale » (p. 161) destinés à maintenir dans le rang ceux qui ne respirent que dans la marge.

1. UNE « NOUVELLE DÉCLARATION DES DROITS DE L'HOMME »

Au cœur du feu d'artifice de la « séduction mentale » exercée par Nadja sur Breton, il faut placer le « principe de subversion totale, plus ou moins conscient », de toutes les valeurs établies, la « puissance extrême [du] défi » (p. 179) que, sans même y penser, elle oppose à toutes les conventions et contraintes par quoi la société, au nom du principe de réalité et « selon les lois d'une utilité arbitraire », s'efforce d'asservir l'individu. Par sa seule existence, par sa manière d'être au monde, Nadja cautionne la validité de la mission que, dès le *Manifeste* de 1924, Breton a voulu assigner au surréalisme : désenchaîner l'homme, ce « rêveur définitif », le faire échapper à un « destin sans lumière » en lui restituant ses pouvoirs perdus[1].

Parallèlement au récit autobiographique — ou dans ses interstices, en tout état de cause indissociablement lié à lui —, court tout au long de *Nadja* un discours théorique et polémique qui s'efforce de désamorcer « l'appareil vertigineux des forces qui se conjuguent pour nous faire couler à pic » (p. 16). Contre toutes les puissances d'« asservissement » — qu'elles relèvent de la morale, de la logique ou du goût, elles ont indifféremment pour fonction de « freiner toute spéculation intellectuelle de quelque envergure[2] » et de réduire l'homme à la « vie des chiens » —, ce discours revendique la capacité de « désenchaînement perpétuel » (p. 79) que recèle tout être humain. *Nadja* participe ainsi de cette « nouvelle Déclaration des droits de l'homme » dont se réclame, dès son premier numéro, *La Révolution surréaliste* et

1. *M*, p. 13-14.

2. *E*, p. 79.

1. *RS*, n° 2, avril
1924.

qui doit marquer « la fin de l'ère chré-
tienne[1] ». C'est dans ce cadre que s'inscrivent les diatribes contre le travail
(p. 69 et p. 78-80), contre l'alliance mortifère de la psychiatrie, de la police
(p. 161-167) et de la justice (p. 113-
114), asiles, tribunaux et prisons n'étant
en fin de compte que la matérialisation
funeste des « barreaux de la logique » et
de la morale. De la même « guerre
d'indépendance[2] » relève l'anathème

2. *M*, p. 60.

lancé contre cette autre alliance (non
moins contre nature, non moins délé-
tère) qui conforte l'une par l'autre « la
vieille pensée » et « la sempiternelle vie »
(p. 130), le refus radical des solutions
trop simples, la dénonciation de tous les
calculs soi-disant rigoureux prônés par
une rationalité étroite et autosatisfaite.
Tant il est vrai que « l'esprit s'arroge un
peu partout des droits qu'il n'a pas »
(p. 189).

2. POUR UNE ÉTHIQUE SURRÉALISTE

Nadja proclame une éthique et une esthétique surréalistes. Indissolublement liées
l'une à l'autre, et s'inscrivant l'une et l'autre
en faux contre la morale et l'esthétique communément admises. Le premier volet
s'ouvre sur la présentation d'une conception
radicalement *autre* de la vie et de la pratique
existentielle qu'elle induit. Le « récit » consacré à Nadja s'insère entre une charge contre

le travail et une virulente dénonciation du sort que la société fait à la folie. Commencé par l'exposé d'une poétique, le troisième volet s'achève sur une définition de la beauté.

Cette apparente identité de structure entre le deuxième et le troisième volet demande à être nuancée. Dans le premier cas, les exposés théoriques font, peu ou prou, figure de corps étrangers ; ils suspendent le récit et ont pour effet de mettre son héroïne entre parenthèses, voire de l'expulser du texte. Dans le second, en revanche, ils sont étroitement imbriqués au contexte biographique, à l'état émotionnel du scripteur, à l'exaltation lyrique de l'être aimé. Ainsi se trouve confirmée, inscrite dans la structure même du texte autant que dans sa thématique, la différence de statut entre Nadja et « Toi », entre la séduction purement mentale exercée par l'une et l'« émotion intéressant, cette fois, le cœur plus encore que l'esprit » (p. 176) suscitée par l'autre.

« Guerre au travail »

La diatribe contre le travail prolonge, au cœur même du récit d'une aventure singulière, strictement individuelle, les prises de position politiques et polémiques assumées collectivement par le groupe : ainsi la provocante devise inscrite sur la couverture du numéro 4 de *La Révolution surréaliste* en juillet 1925 : ET GUERRE AU TRAVAIL. Prises de position relayées par tel ou tel de ses membres. Breton : « C'est sans doute au sujet du travail que se manifestent les plus sots préjugés dont soit imbue la conscience moderne, au sens collectif du mot[1] » ; Aragon : « le travail, dieu incon-

1. « La dernière grève », *RS*, n° 2, 15 janvier 1925.

1. *RS*, n° 4, 15 juillet 1925.

2. *Ibid.*

3. Sur ce thème, cf. J. M. Pianca, « Et guerre au travail ».

4. *RS*, n° 3, avril 1925. Cf. Dossier, p. 186-187.

5. *M2*, p. 67-69.

testé qui règne en Occident[1] » ; Eluard : « l'ordre facile et répugnant du travail[2] ». Assurément, tous souscrivent avec enthousiasme à la définition anagrammatique proposée par Leiris dans son *Glossaire :* « Travailler : t'avilir et te lier[3] »...

« Défense de la folie »

Il en est de même pour le long discours sur la folie qui fait écho, très précisément, à la « Lettre aux médecins-chefs des asiles de fous[4] » : « Les fous sont les victimes individuelles par excellence de la dictature sociale ; au nom de cette individualité qui est le propre de l'homme, nous réclamons qu'on libère ces forçats de la sensibilité... » Comme la condamnation du travail, l'exaltation de la folie a été, pour les surréalistes, une arme dans la « guerre d'indépendance » qu'ils ont voulu mener contre la société, ses lois et ses institutions. L'institution psychiatrique, d'ailleurs, ne s'y est pas trompée, comme en témoigne la « Chronique » des *Annales médico-psychologiques* que Breton a pris un malin plaisir à reproduire en tête du *Second manifeste du surréalisme[5]*...

Pour le surréalisme, la folie ne se définit pas seulement par les comportements insolites, anormaux (c'est-à-dire : hors normes), les « excentricités » (p. 159) diverses que la société reçoit comme autant d'agressions contre son ordre et réprime comme telles. Elle est, d'abord et surtout, la manière particulière dont un individu, revendiquant, sans en rien renoncer, les droits de l'imaginaire, entièrement soumis aux exigences de son désir, perçoit l'agencement du monde et, dans ce monde qu'il reconstruit de toutes pièces, trouve à se situer de façon à exercer pleinement ces droits, à satisfaire au mieux ces exigences. En d'autres termes, loin d'être cet *aliéné*, dépossédé de lui-même, que la société s'arroge le droit d'enfermer, le fou apparaît comme celui qui pousse à leurs extrêmes limites les « idées-forces » du surréalisme. Au mépris de la logique, de la vraisemblance, des contraintes mutilantes du principe de réalité. Au mépris aussi — sur ce point les surréalistes (et Breton tout particulièrement) cessent de le suivre — des sauvegardes de « l'instinct de conservation ».

En quelque sorte, le fou s'établit à demeure en ce « point sublime » où la réalité extérieure et la réalité intérieure, le réel et l'imaginaire, l'objectif et le subjectif se confondent et s'échangent. C'est bien ce qu'affirment Aragon et Breton lorsqu'ils définissent, en 1928, l'hystérie non pas comme « un phénomène pathologique » mais comme « un état mental [...] se caractérisant par la subversion des rapports qui s'établissent entre le sujet et le monde moral dont il croit pratiquement relever en dehors de tout système délirant[1] ». Mais le « point sublime », véritable pierre philosophale du surréalisme, est d'abord « un point de l'esprit » ; il ne saurait être question de l'atteindre réellement — et encore

1. « Cinquantenaire de l'hystérie », *RS*, n° 11. Cf. Dossier, p. 216-218.

moins de s'y établir — sous peine, ainsi que le dit Breton, de cesser d'être un homme[1].

1. *AF*, p. 171.

Il n'en reste pas moins que la folie, dans le discours surréaliste, apparaît bel et bien comme la pierre de touche de la toute-puissance de l'imagination, faculté maîtresse de l'homme. « Chère imagination, ce que j'aime surtout en toi, c'est que tu ne pardonnes pas [...]. Ce n'est pas la crainte de la folie qui nous forcera à laisser en berne le drapeau de l'imagination[2]. » Du même coup, elle est aussi

2. *M.*, p. 14 et 16.

pierre de touche de la faculté poétique de l'homme et « moyen suprême d'expression », selon la formule de Breton et d'Aragon dans leur célébration du « Cinquantenaire de l'hystérie ». C'est-à-dire de « la plus grande découverte poétique de la fin du XIXᵉ siècle ». En 1930 encore Eluard et Breton tiennent « l'essai de simulation de maladies qu'on enferme » auquel ils se livrent dans *L'Immaculée Conception,* « au point de vue de la poétique moderne, pour un remarquable critérium ». Par la confrontation des textes « délirants », « confusionnels » ainsi obtenus à d'autres textes « définis comme surréalistes », ils espèrent « prouver que l'esprit dressé *poétiquement* chez l'homme normal est capable de reproduire dans leurs grands traits les manifestations verbales les plus paradoxales, les plus excentriques » de la folie. Mais, ici encore, il n'est pas question de s'établir à demeure dans l'état de folie. Si l'esprit « dressé

poétiquement » a le pouvoir de « se soumettre [...] les principales idées déli-
rantes », c'est « à volonté » et « sans qu'il y
aille pour lui d'un trouble durable... ».

De même, lorsque Breton affirme,
dans *Nadja*, l'essentielle porosité des
frontières entre la folie et la non-folie,
c'est que cette porosité lui garantit la
capacité de franchir cette frontière dans
les deux sens, d'entrer dans la folie, mais
pour en sortir. Or — et c'est ce que
démontre tragiquement l'exemple de
Nadja —, l'entrée véritable dans la folie
se définit d'être à sens unique.

« Crainte de la folie »

On peut reprocher à Breton le désintérêt
qu'il semble avoir manifesté pour Nadja
devenue folle. Et ne voir dans sa longue
diatribe contre les psychiatres et les alié-
nistes qu'un simple prétexte à se dédoua-
ner ou, au mieux, l'expression embarrassée d'un trop justifié sentiment de
culpabilité. Peut-être faudrait-il lire
autrement ces pages. Tenter d'y reconnaître, sous la violence de la polémique,
sous l'étalage un peu bien oratoire des
arguments, l'expression de cette « crainte
de la folie » à laquelle le *Manifeste* —
dénégatoirement — refusait tout pouvoir.
Mais que Breton semble bien n'avoir
jamais pu valablement maîtriser. Cette
crainte, on peut la deviner dans telle
notation du « Carnet 1920-1921[1] ». Ou,
de façon récurrente, dans la fascination
mêlée d'angoisse que semble avoir exer-

1. Cf. Dossier,
p. 215.

cée sur lui, depuis l'enfance, la figure de Charles VI, le roi fou. Ainsi, à propos des illustrations des livres d'enfance, dans *Point du jour* : « L'histoire elle-même, avec les traces puériles qu'elle laisse dans notre esprit, et qui sont bien plutôt celles de Charles VI [...] que de Louis XIV[1]... » Dans *Arcane 17*, toujours à propos de ces illustrations : « Charles VI fait une rencontre agitante dans la forêt du Mans[2]. » Dans « Fata Morgana », enfin, « le hennin d'Isabeau de Bavière » et le « cerf blanc », qui était son emblème, inscrivent en creux la présence du roi fou : « C'est toute la raison qui s'en va quand l'heure pourrait être frappée sans que tu y sois[3]. » Il se trouve, en outre, que Charles VI, le roi fou, est aussi le premier roi de France à avoir porté dès sa naissance le titre de dauphin. Et Breton ne rappelle-t-il pas (lorsque Nadja souligne que leur errance les a menés « de la place Dauphine au *Dauphin* ») que, « au jeu de l'analogie », il a lui-même été « souvent identifié au dauphin » (p. 103) ? N'est-ce pas précisément place Dauphine que « la peur [le] prend » (p. 96) ? Les mots en savent souvent plus que celui qui les écrit... Sans doute est-ce la présence, cachée mais insistante, du roi fou qui donne toute sa signification — éminemment « agitante » pour Breton — à l'itinéraire royal qui semble régir les errances du couple[4]...

1. « Avis au lecteur pour " La femme 100 têtes " de Max Ernst », *PJ*, p. 62.

2. *A 17*, p. 48.

3. « Fata Morgana », *SA*, p. 48-49. Sur ce thème du roi fou, cf. H. Desoubeaux : « A. Breton et la folle » et Dossier p. 220-221.

4. Sur l'itinéraire de Breton et Nadja et sur sa valeur symbolique cf. J.-P. Clébert, « Traces de Nadja », et G. Durozoi et B. Lecherbonnier, *A. Breton : l'écriture surréaliste*.

Éloge des criminelles

Tout autant que le fou, la morale surréaliste valorise le criminel — plus exactement, ici, la criminelle — qui, comme le fou, a l'éminent mérite d'avoir voulu écarter les barreaux des contraintes sociales. En témoigne hautement, dans *Nadja*, la fascination, la « tentation » exercée sur Breton par le personnage de Solange — « détraquée » et criminelle — qui, « de toute sa splendeur » (p. 55), nie tout châtiment que la société pourrait vouloir lui infliger. Ou, aussi bien, l'implicite défense de cette autre criminelle, « la femme Sierri » (p. 113).

D'autres criminelles ont inscrit leur fulgurante trajectoire au ciel du panthéon imaginaire du surréalisme. Solange est leur sœur. La sœur de Germaine Berton, anarchiste et meurtrière, dont le pâle visage crispé, au centre du montage photographique publié dans le numéro 1 de *La Révolution surréaliste*, semble polariser tous les regards. Celle des deux servantes meurtrières de leurs patrons, les sœurs Papin, double incarnation maldororienne de la révolte et du « mal absolu[1] ». Solange enfin — et surtout —, par l'aura érotique qui les baigne l'une et l'autre, est la sœur de Violette Nozière, la violée parricide, « mythologique jusqu'au bout des ongles », à qui le groupe devait rendre collectivement hommage en 1933 :

« Tout est égal qu'ils fassent ou non
        semblant de ne pas en convenir

1. Cf. P. Eluard et B. Péret, « Revue de presse », *SASDLR*, n° 5, 1932 ; J. Lacan, « Motifs du crime paranoïaque », *Minotaure*, n° 3-4, 1933. Sur le thème du/de la criminel (le), cf. R. Riese-Hubert, « Images du criminel et du héros surréalistes ».

Devant ton sexe ailé comme une fleur
de catacombes
Étudiants vieillards journalistes pourris
faux révolutionnaires prêtres juges
Avocats branlants
Ils savent bien que toute hiérarchie
finit là[1]. »

1. « Violette Nozières », *CT*, p. 153-154. Le recueil collectif, publié sous le même titre à Bruxelles en 1933, contient 8 poèmes (Breton, Char, Eluard, Péret...) et 9 illustrations (Dali, Ernst, Magritte, Man Ray, Tanguy...).

3. DE L'ESTHÉTIQUE CONSIDÉRÉE COMME UNE ÉROTIQUE

C'est enfin dans ce même contexte de subversion de l'ordre établi et des hiérarchies convenues qu'il faut replacer le refus d'un prétendu « bon goût », allègrement tourné en dérision, le « faible » avoué, dans la lignée rimbaldienne, pour « les films français les plus complètement idiots » (p. 40), pour le « grand *serial* mystérieux en 15 épisodes » (p. 39) au titre de roman feuilleton : *L'Étreinte de la Pieuvre*, pour « le jeu dérisoire des acteurs » du Théâtre Moderne (p. 43). Ou la fréquentation assidue des « salles de cinéma du dixième arrondissement » (p. 40) et autres « bas-fonds de l'esprit » (p. 45). Et encore : « l'admiration sans bornes » éprouvée pour *Les Détraquées*, pièce de mauvais goût, « parmi les pires du genre " Grand Guignol " », qui se recommandait, d'entrée de jeu, par l'acharnement contre elle de toute la critique (p. 46)... Sans oublier la rengaine niaise — mais jugée « parfaitement pur[e] », p. 44 — d'une opérette pseudojaponaise et libertine. Celle-là même *(Fleur-de-péché)* que, dans le cadre de son « esthétique du saugrenu », Aragon souhaitait « voir méditer à tous nos esthètes en mal d'avant-garde[1] ».

1. L. Aragon : *Le paysan de Paris* (1926), p. 85, cf. Dossier, p.182-183.

Aux critères esthétiques traditionnels, Breton substitue la *surprise* (p. 14), la *saccade* (p. 189). Et, d'une façon générale, « tout ce qui va contre l'ordre prévu » (p. 14). Qu'il s'agisse du vécu quotidien (p. 18 et 40), de la composition d'un tableau (p. 14) ou de l'écriture d'un livre (p. 173). Contre la conception communément admise d'une beauté formelle et statique, radicalement séparée de la vie et dont la contemplation exige une nécessaire mise à distance (celle du « rêve de pierre » baudelairien, des odalisques ingresques, de la tragédie classique), Breton proclame l'avènement de la beauté « CONVULSIVE », radicalement à contre-courant de tout idéal d'harmonie et d'équilibre (p. 189-190). Beauté littéralement *inouïe* : il faudra à Breton, dans *L'amour fou*, pour tenter de la définir, doter la langue d'un triple jeu, oxymorique, de néologismes : *explosante-fixe, érotique-voilée, magique-circonstancielle*[2]. Beauté proprement surréaliste,

2. *AF*, p. 26.

qui ne saurait être « envisagée » qu'« à des fins passionnelles ». Indissolublement liée, donc, à la vie (la « *vraie* vie », la « vie repassionnée »), à l'amour et au désir : « La beauté, je la vois comme je t'ai vue. Comme j'ai vu [...] ce qui t'accordait à moi » (p. 189). Les litanies lyriques à la femme aimée s'achèvent, tout naturellement, sans nulle solution de continuité, en une définition de la beauté qui pose le premier jalon de cette esthétique de l'érotisme — ou de cette « poétique de l'amour », pour reprendre l'heureuse formule de P. Plouvier[1] — qui trouvera dans *L'amour fou* sa formulation définitive : « J'avoue sans la moindre confusion mon insensibilité profonde en présence des spectacles naturels et des œuvres d'art qui, d'emblée, ne me procurent pas un trouble physique caractérisé par la sensation d'une aigrette de vent aux tempes susceptible d'entraîner un véritable frisson. Je n'ai jamais pu m'empêcher d'établir une relation entre cette sensation et celle du plaisir érotique[2]... »

1. P. Plouvier : *Poétique de l'amour chez André Breton.*

2. *AF*, p. 12. Cf. Dossier, p. 226-228.

B. CONTRE LA LITTÉRATURE À AFFABULATION ROMANESQUE

De sa première à sa dernière page, le *Manifeste* de 1924 inscrivait le surréalisme comme témoin à charge au procès du monde « réel » et de la « vie réelle ». À celui, aussi bien, de l'« attitude réaliste » qui, à tenir cette vie, ce monde, comme irrécusables (donc irréversibles), se réduit à en prôner, dans le vécu quotidien comme dans l'œuvre d'art, la reconduction, la sempiternelle reproduction. Elle se révèle ainsi pour ce qu'elle est : « médiocrité, [...] haine et [...] plate suffisance[3] ».

3. *M*, p. 16.

1. « QU'ON SE DONNE SEULEMENT LA PEINE DE PRATIQUER LA POÉSIE »

La « vie réelle », celle que, devenu adulte, se résigne à vivre l'enfant qui croyait pouvoir rêver de « plusieurs vies menées à la fois », n'est pour Breton qu'une morne procession d'« aventures risibles », dérisoires passages à niveau du rien où les événements se suivent et se ressemblent sans que rien en vienne (inter)rompre le trop prévisible enchaînement. L'imagination qui, à l'origine, « n'admettait pas de bornes », s'y rétracte de jour en jour, réduite à la portion congrue par les exigences positivistes, utilitaires de cette « impérieuse nécessité pratique » qu'impose la soumission au principe de réalité. Si, par improbable, survenait quelque événement imprévu (la rencontre, par exemple, éblouissante, d'une femme), l'homme, accoutumé qu'il est à « la vie des chiens », serait incapable de le vivre pleinement. De le reconnaître pour ce qu'il est : la chance d'échapper au « destin sans lumière » qui lui est fait[1].

1. *M*, p. 13-14.

Nadja, en dépit de tout ce qui, dans sa vie de marginale, pourrait l'enchaîner aux désolantes « nécessités pratiques », incarne exemplairement le refus surréaliste de « la vie des chiens ». Un soir, elle propose un jeu (p. 87). Jeu puéril, certes : on jouerait à faire comme si... Mais Breton note que ce jeu touche à « la plus forte *idée limite* » du surréalisme.

1. *M*, p. 60.

2. *M*, p. 52.

3. *M*, p. 28 : « Qu'on se donne seulement la peine de pratiquer la poésie. »

4. Lettre à Simone, 11 mars 1924, *OC I*, p. 1335.

5. C'est le titre d'un texte de Breton (véritable *art poétique* du surréalisme bretonien) publié en juillet 1930 dans le n° 1 du *SASDLR*. Repris dans *CT*, p. 99-105.

6. Lettre à P. Eluard, 5 février 1929, *OC I*, p. 1384.

Affirmant l'homogénéité du réel et de l'imaginaire, il fait écho aux dernières lignes du *Manifeste* : « Cet été les roses sont bleues. Le bois, c'est du verre. [...] C'est vivre et cesser de vivre qui sont des solutions imaginaires[1]... » Encore tout baigné d'enfance, le jeu de Nadja reconduit au temps où « tout concourait à la possession efficace et sans aléas de soi-même[2] ». Le sujet humain y échappe à sa forclusion et s'ouvre à l'Autre. Devient autre. Les impératifs du quotidien, douloureusement prévisibles (ici : l'inévitable séparation du couple), cèdent la place à l'infinie fécondité du possible. La vie désirée, révélée, la *vraie* vie du désir, se substitue à la vie *réelle* : « C'est même entièrement de cette façon que je vis », conclut Nadja.

Contre l'acceptation résignée de la vie telle qu'on dit qu'elle est, Breton revendique une pratique proprement poétique de la vie[3], susceptible de rompre la chaîne des « moments nuls » du quotidien, de « déjouer le probable » par le « bon usage de l'accidentel[4] ». De la sorte, il serait possible d'annuler le déprimant « il y avait une fois » de la mémoire (systématique reproduction de ce qui a toujours déjà eu lieu) pour promouvoir l'exaltant « il y aura une fois[5] » de l'imagination et du désir. La terne trame d'une « petite existence rigoureusement exterminante » se déchire alors grâce à la lumière soudaine et complice de quelques « merveilleux éclairs[6] ».

Entre ces deux lettres, entre 1924 et 1929, l'aventure réellement vécue s'est chargée de démontrer que la *vraie* vie n'est pas *ailleurs*, mais bien *ici-maintenant*. Au moins fugacement. Dans l'éclair de la rencontre amoureuse, éclair qui fait « voir, mais alors *voir* » au sujet le sens de sa propre vie et pourquoi, entre tous, il est au monde. Nadja/*Nadja* (la rencontre de la femme et l'écriture du livre) est intervenue dans la vie de Breton pour apporter la preuve de la victoire du *possible* sur le *probable*. Dès lors que l'on s'abandonne sans réticence au « vent de l'éventuel[1] ». Dès lors que l'on s'ouvre à la rencontre, à la trouvaille, à la coïncidence et que l'on accepte de livrer sa vie aux hasards. Car la « merveille », l'irruption du discontinu — *glissade, précipice, saccade,* qui viennent bouleverser de fond en comble le paysage mental et émotionnel du sujet —, ouvre une faille dans la morne linéarité prévisible du vécu.

1. « La rue [...] était mon véritable élément : j'y prenais comme nulle part ailleurs le vent de l'éventuel », « La confession dédaigneuse », 1923, in *PP*, p. 11. Cf. *N*, p. 133 : Nadja « qui n'aimait qu'être dans la rue, pour elle le seul champ d'expérience valable... »

2. CRITIQUE DU ROMAN RÉALISTE

On a beaucoup glosé autour de l'anathème jeté sur le roman par le « pape du surréalisme » dans le *Manifeste* de 1924. Anathème repris aux premières pages de *Nadja* — « les jours de la littérature à affabulation romanesque sont comptés... » (p. 18) — et conforté par l'« Avant-dire » de 1962. Certes, Breton n'a jamais fait mystère de son peu d'appétit pour les œuvres de fiction. Qu'il s'agisse de l'intrigue, « matière à objection sans fin et guet d'ennui », du personnage, « ce héros dont les actions et les réactions sont admirablement prévues » et qui « se doit de ne pas déjouer, tout en ayant l'air de les déjouer, les calculs dont il est l'objet[1] » ; ou encore de la psychologie romanesque, inlassable ressassement autour d'un « type humain formé », alors que, à ses yeux, « échapper à ce type humain dont nous relevons tous » et « se dérober à la règle psychologique » (c'est-à-dire « inventer de nouvelles façons de sentir ») est tout ce qui « semble mériter quelque peine[2] ». Qu'il s'agisse enfin de ces figures obligées de l'écriture romanesque que sont la narration — dont il avoue, à propos précisément de *Nadja*, qu'elle « n'a jamais été son fort » — et la description, où il ne veut voir que « superposition d'images de catalogues », « cartes postales » et « lieux communs[3] ».

Mais on fausserait gravement le sens de ces incontestables — et récurrentes — condamnations en oubliant qu'elles ne prennent jamais appui sur des critères d'ordre technique ou esthétique. Elles s'énoncent toujours *de* (plus) *haut*, à partir d'une position éthique, existentielle, qui se désintéresse fort des catégories littéraires et des distinctions de genres. Celle-là même que circonscrivent les premières pages du *Manifeste*. *Avant* d'en venir à la littérature et d'énoncer péremptoirement la nullité du roman

1 . *M* , p . 1 8 . Cf. aussi « Introduction... », *op. cit.*, p. 10-11.

2 . « La confession dédaigneuse », *op. cit.*, p. 12.

3. *M*, p. 17.

réaliste. La fiction romanesque n'y est dénoncée, condamnée que parce que, à travers elle, l'auteur — et le lecteur à sa suite — s'habitue à se contenter des satisfactions sans envergure de l'illusion compensatoire. Parce que, de la sorte, il se contente de déléguer à des personnages de papier son désir de changer la vie et le monde. Parce que, à faire état des « moments nuls » de la vie, une telle littérature conduit auteur et lecteur à se désintéresser du vent exaltant de l'éventuel, à accepter passivement « la vie des chiens ». Parce que, enfin, elle réduit le champ infini des possibles à l'étroitesse d'un destin prévisible, et les virtualités toujours en devenir du sujet humain à la rigidité schématique d'un « type » reproductible à l'infini[1].

1. Sur cette dimension éthique de la critique bretonienne du roman, cf. J. Chénieux-Gendron, *Le surréalisme et le roman*.

3. NI FICTION NI AUTOBIOGRAPHIE : UN RÉCIT DE LA « VRAIE VIE »

En revanche, le *Manifeste* épargnait le roman noir, domaine du *merveilleux*, où règnent des personnages qui ne sont que « tentation pure » — c'est-à-dire des éveilleurs de désir. Breton, par ailleurs, n'a jamais hésité à reconnaître — voire à exalter — tout roman, du passé comme du présent, manifestant la volonté de rompre avec les « provocantes insanités *réalistes* ». Il lui est même arrivé (s'agissant de l'intrigue, des personnages et de leur psychologie, ou de la narration), d'imaginer des procédures susceptibles de renouveler la poétique romanesque et qui auraient pour effet de projeter le scripteur et son lecteur en « pleine féerie intérieure », de fixer — dans l'art comme dans la vie — l'attention « non plus sur le réel, ou sur l'imaginaire, mais, comment dire, sur *l'envers du réel*[1] ».

1. *M2*, p. 112.

La description elle-même (pourtant « frappée d'inanité dans le *Manifeste du surréalisme* », ainsi que le rappelle l'« Avant-dire » de *Nadja* en 1962) trouve grâce à ses yeux. Pour autant qu'elle mette, volontairement ou non — fût-elle d'une précision et d'une banalité toutes naturalistes —, la « ressemblance objective extérieure » au service de l'imaginaire et du rêve, ouvrant ainsi, « à perte de vue », un espace au désir[2].

2. *VC*, p. 124.

Le récit surréaliste — tel du moins que le pratique Breton à partir de *Nadja* — a donc pour fonction de rendre compte de la « *vraie* vie ». De la vie repassionnée. Et il doit, par l'exemple qu'il donne, contribuer à la repassionner : « J'espère [...] que la présentation d'une série d'observations de cet ordre [...] sera de nature à précipiter quelques hommes dans la rue... » (p. 68). Le scripteur du récit bretonien renie l'opacité illusionniste de la fiction, refuse de s'abriter sous le masque déceptif du personnage et de travestir sa vie sous les oripeaux d'une intrigue inventée à plaisir. Car, si « l'imagination a tous les pouvoirs », il en est un, toutefois, dont elle ne peut — sans démériter gravement — disposer : « celui de nous identifier [...] à un personnage autre que nous-même ». C'est pourquoi « la spéculation littéraire est illicite dès qu'elle dresse en face d'un auteur des personnages » inventés de toutes pièces. Breton choisit donc (avec, on a pu le voir, quelques accommodements...) la transparence du récit autobiographique : « Parlez pour vous [...], parlez de vous [...]. Bornez-vous à me laisser vos mémoires[1]. »

1. « Introduction... », *op. cit.*, p. 10-11.

Mais de l'autobiographie, le récit bretonien ne reconduit pas la démarche introspective. Le scripteur ne prétend nullement définir une fois pour toutes *quel / qui* il est, ni faire repli sur la cohérence close d'une identité présupposée. L'écriture a, certes, pour fonction de lui révéler sa différenciation. Mais *en acte*. Par le jeu du « Qui je hante », celui des rencontres imprévisibles, des trouvailles improbables et des coïncidences qui mettent la raison dans son tort.

De l'autobiographie, ce récit ne partage pas davantage la visée rétrospective. L'écriture en effet ne fait pas retour vers le ressassement d'un passé ; elle ne trouve pas sa justification dans la volonté de dégager, après coup, une figure immuable du *moi* à travers la linéarité, la continuité désormais tenue pour signifiante d'un vécu. Tout au contraire, elle s'ouvre résolument — c'est tout le sens de la troisième partie de *Nadja* et de sa formule terminale — vers un futur, un *à-venir* qu'elle contribue à faire advenir, un *à vivre* qu'aimante la relance du désir, seul moteur du texte. Et de la vie dont il rend compte.

Il convient donc bien de parler de *récit* et non pas de fiction. Les événements vécus s'inscrivent scrupuleusement dans l'espace (les photographies) et dans le temps (les dates). Les vrais noms sont donnés.

Sur ce point, il est vrai, la pratique prend des libertés avec la théorie. Dans *Nadja* comme dans *Les vases communicants* et *L'amour fou*, « la maison de verre » conserve quelque opacité. Simone demeure, anonymement, « ma femme », Lise Meyer, « la dame au gant », Jacqueline Lamba, « l'Ondine ». Des femmes aimées, seules sont nommées Nadja — encore est-ce d'un pseudonyme et au moment où elle s'est déjà dissoute dans l'anonymat de la folie — et, dans *Arcane 17*, une seule fois, Elisa.

Les récits bretoniens sont des récits de vie. Mais d'une vie revivifiée par l'irruption de la *merveille*. Ils opèrent la fusion de l'écrit et du vécu qui seule, aux yeux de Breton, est susceptible de donner prix à l'un comme à l'autre. Ce sont des récits *poétiques*, puisque, pour Breton, la poésie émane davantage de la vie d'un homme (c'est-à-dire : de la manière dont il prend position face à l'inacceptable condition humaine) que des textes qu'il écrit. Et puisque, complémentairement, la poésie n'a pour lui d'intérêt que si elle est apte à suggérer « une solution particulière du problème de notre vie ». De *Nadja* à *Arcane 17* (ultime récit où la *solution* apparaît enfin en pleine lumière), chacun des récits de Breton propose, en en précisant toujours un peu plus les contours, une ébauche (un « pressentiment » ?) de solution à ce qui demeure pour lui le problème central de la vie de l'homme : l'Amour.

C. UNE ÉTHIQUE ET UNE ESTHÉTIQUE DU DISCONTINU

Dans la troisième et la quatrième séquence du « préambule » de *Nadja*, Breton formule le programme d'écriture du texte. Et le met, explicitement, sous le signe de la discontinuité narrative. Récusant du même coup la linéarité de la fiction et la continuité de l'autobiographie, la cohérence des *enchaînements* (« les tenants » qui laissent « présumer les aboutissants », p. 21), des *transformations*, qui cautionne et structure tout récit : « Je n'ai dessein de relater [...] que les épisodes les plus marquants de ma vie *telle que je peux la concevoir hors de son plan organique* » (p. 19 ; cf. aussi p. 22 et 23). Une même démarche, consciemment erratique, se retrouve dans le second volet du livre. Dans le journal des rencontres, certes, la relation continue du quotidien s'autorise de la prolifération des phénomènes insolites qui, chaque jour, *cristallisent* autour de *Nadja*. Autour, également, de ce piège à « merveilles » doublement amorcé que constitue le couple : « il est exact que tous, même les plus pressés, se retournent sur nous, que ce n'est pas elle qu'on regarde, que c'est *nous* » (p. 125).

Les *invraisemblances* et les *coïncidences* ne prennent toute leur portée signifiante, toute leur envergure, qu'à s'organiser en une trame aux mailles étroitement solidaires.

Invraisemblances (toujours expressément signalées comme telles) : « on entre de nouveau dans l'incroyable » (p. 115), à propos des « onze assiettes cassées » compulsivement par le serveur du restaurant Delaborde ; « Je regrette, mais je n'y puis rien, que ceci passe peut-être les limites de la crédibilité » (p. 96), à propos de la fenêtre devenue rouge, place Dauphine.

Coïncidences (toujours présentées par simple juxtaposition des séries convergentes, sans le moindre commentaire justificatif) : le baiser où « les dents tiennent lieu d'hostie » et la carte postale représentant *La profanation de l'hostie* (p. 108-109) ; l'image que le colporteur tend avec insistance à Breton et ses propres recherches sur les cours d'amour (p. 111-113) ; les lettres du juge G. et la revue de presse de *La Révolution surréaliste* (p. 113-114) ; le commentaire par Nadja de la valeur symbolique du jet d'eau des Tuileries et le texte de Berkeley que Breton vient de lire (p. 101-102), etc.

Invraisemblances et contradictions nécessitent donc un compte rendu exhaustif et détaillé. Car, ainsi qu'il est dit dans *L'amour fou :* « Pas un incident ne peut être omis, pas même un nom ne peut être modifié sans que rentre aussitôt l'arbitraire. La mise en évidence de l'irrationalité immédiate, confondante, de certains événements nécessite la stricte authenticité du document humain qui les enregistre. L'heure dans laquelle a pu s'inscrire une interrogation si poignante est trop belle pour qu'il soit permis de rien y ajouter, de rien en soustraire. Le seul moyen de lui rendre justice est de penser, de donner à penser qu'elle s'est vraiment écoulée[1]. » Mais la discontinuité narrative reprend ses droits dès lors que cette trame étincelante se distend, sournoisement réinvestie par les moments nuls : « Je suis mal disposé. [...] Je ne m'attends de sa part à rien d'exceptionnel. Nous déambulons [...] très séparément. [...] Il est impatientant de la voir. [...] Je m'ennuie » (p. 122 ; cf. aussi p. 103). Il ne reste plus désormais à Breton qu'à se « souvenir [...] de quelques phrases », dont la « résonance intérieure » s'amplifie d'être ainsi isolée, *détourée* du « courant des jours » qui les portait (p. 137).

1. DE LA PRATIQUE POÉTIQUE DE LA VIE À LA POÉTIQUE NARRATIVE

Telle démarche, volontairement lacunaire, articule étroitement une pratique de la vie et une poétique narrative proprement surréalistes. « Rapprochements soudains » et « pétrifiantes coïncidences », « faits-glissades » et « faits-précipices » : la continuité du vécu se fracture et se suture selon des lois hasardeuses. Celles-là mêmes qui produisent l'« image surréaliste » — « c'est du rapprochement en quelque sorte fortuit des deux termes

1. *M*, p. 49.

qu'a jailli une lumière particulière, *lumière de l'image* »[1] — et qui dynamisent l'écriture automatique : « De ces faits » (il s'agit des « arrangements fortuits » de choses et d'êtres par quoi la vie échappe à son seul « plan organique ») « aux autres faits » (ceux dont on peut discerner les *tenants* et les *aboutissants*), « il y a peut-être la même distance que d'une de ces affirmations [...] qui constitue la phrase ou le traité " automatique " à l'affirmation [...] que, pour le même observateur, constitue la phrase ou le texte dont tous les termes ont été par lui mûrement réfléchis » (p. 21-22).

Contre l'usure de la quotidienneté (« Ainsi fait le temps, un temps à ne pas mettre un chien dehors », p. 182), Breton se propose pour devise et règle de vie de chercher « l'or du temps[2] ». Par une alchimie qui décante la viscosité pesante des « moments nuls » de la vie pour ne « cristalliser » que les étincelantes minutes où le temps revivifié, magnétisé par l'irruption du hasard, prend son véritable sens : « J'ai de la continuité de la vie une notion trop instable pour égaler aux meilleures mes minutes de dépression ou de faiblesse[3]. » Et cette pratique de vie trouve son exact répondant dans la poétique narrative de *Nadja*.

2. « Introduction... », *op. cit.*, p. 9. Cette formule, devise de toute une vie, figurait sur le faire-part de décès de Breton.

3. *M*, p. 18.

2. COURTS-CIRCUITS NARRATIFS

La « série d'observations » (p. 68) de la première partie, dont chacune est isolée de la suivante par un blanc qui en cerne les contours (hiatus textuel doublé d'une ellipse temporelle où s'annule le tissu conjonctif des moments nuls), se constitue du brutal, de l'improbable rapprochement de deux événements (de « deux conducteurs[1] ») appartenant à deux séries causales différentes, sans nul commentaire explicatif, justificatif : au lecteur d'apprécier « l'étincelle obtenue » par cette machine textuelle — et événementielle — « à influence *amorcée*[2] ».

Le même modèle structurant se retrouve, dans la troisième partie, pour l'énigmatique anecdote de M. Delouit ou pour le message de l'Île du Sable. Et, cela va sans dire, dans le journal fictif des rencontres, pour les coïncidences bouleversantes qui semblent surgir au moindre pas, au moindre geste de Nadja. La discontinuité est ainsi à l'œuvre à l'intérieur de chaque cellule textuelle et d'une séquence narrative à l'autre, par tout un jeu de courts-circuits que matérialisent, tout au long du texte, les blancs typographiques et les lignes de points de suspension. Sans oublier, bien sûr, entre le deuxième et le troisième volet, la *saccade* majeure dont témoignent simultanément la lacune du récit (la rencontre avec « Toi » ne sera jamais racontée), « l'intervalle [...] démesuré » qui fracture le

1. *M*, p. 49. (Il s'agit de la définition de « l'image surréaliste ».)

2. *AF*, p. 45. Sur cette poétique du discontinu et du court-circuit, cf. M. Beaujour, « Qu'est-ce que *N* », et J. Chénieux-Gendron, *Le surréalisme et le roman*.

temps de l'écriture, et le blanc du texte où est venu s'inscrire en creux (sur le seul plan de la vie : « J'ai vécu, mal ou bien — comme on peut vivre », p. 176) l'événement qui a failli renvoyer au néant le livre entrepris.

Le troisième volet du triptyque (où Breton a choisi d'occulter le détail événementiel au profit du seul « état émotionnel ») pousse à l'extrême cette pratique de la discontinuité, du court-circuit générateur de fulgurances. Il se recommande d'abord par sa brièveté : seize pages, alors que le premier en compte soixante et le second cent. (Notons au passage que les quelques mois de l'aventure avec Nadja occupent presque deux fois plus de place que les quelque dix ans qui ont précédé...) Variant constamment le rythme de l'écriture et le registre du discours, Breton juxtapose abruptement le ton polémique de la critique littéraire à l'épanchement lyrique de la litanie amoureuse. Et celui-ci à la théorisation esthétique. Il multiplie les exclamations, interrogations et suspensions. Il procède par découpage et collage d'éléments étrangers, histoire drôle ou *coupure* de presse, l'utilisation de l'italique venant, dans ce dernier cas, exhiber l'hétérogénéité du matériau. La longue période à incises et subordinations multiples (« Tandis que le boulevard Bonne-Nouvelle... », p. 179-180) y voisine avec la phrase minimale (voire elliptique : « Entrer et sortir que toi », p. 185 ; « La

beauté, ni dynamique ni statique »,
p. 190). Celle-ci peut soit s'insérer, pour
y produire saccades et soubresauts, dans
la continuité d'un paragraphe, soit
constituer à elle seule une unité textuelle
autosuffisante :

« Tu n'es pas une énigme pour moi.

Je dis que tu me détournes pour toujours de l'énigme » (p. 187).

Et prendre la forme lapidaire de l'apho-
risme prophétique, où l'artifice typographique polarise et condense le pinceau de
lumière sur le mot révélateur : « La
beauté sera CONVULSIVE ou ne sera
pas. »

Rencontres, trouvailles, coïncidences
et autres « éclairs », tous ces événements
qui semblent échapper aux lois attendues
— prétendues « naturelles » — de la
logique et de la causalité fonctionnent
comme les inducteurs (autour du sujet
auquel, par improbable, ils adviennent)
d'un *champ magnétique* qui témoigne de
sa relation spécifique, singulière, aux
êtres, aux choses, au monde :

« Plus à portée de l'homme il est
        d'autres coïncidences

    Véritables fanaux dans la nuit du sens

    C'était plus qu'improbable c'est donc
exprès[1]. »

Signes opaques, à première vue indé-
cryptables, ils constituent autant de
signaux, de *convocations* auxquels le sujet
se doit de demeurer attentif, disponible.
Qu'il lui faut même provoquer, en ten-
dant un *appât*, un *appelant*, au hasard.

1. « Fata Morga-
na », *op. cit.*, p. 40.

C'est ainsi que le souhait exprimé page 44 de « rencontrer la nuit, dans un bois, une femme nue » s'éclaire de telle confidence de « *La confession* dédaigneuse » : « Chaque nuit, je laissais grande ouverte la porte de la chambre que j'occupais à l'hôtel dans l'espoir de m'éveiller enfin au côté d'une compagne que je n'eusse pas choisie[1]. »

1. « La confession dédaigneuse », *op. cit.*, p. 11.

3. UNE CONTINUITÉ AUTRE : LE PRINCIPE ANALOGIQUE

Par leur multiplication dans l'espace et dans le temps, par le réseau d'échos qui, secrètement, les relie, faisant des uns l'amorce, le pressentiment ou la réalisation retardée des autres (réseau qui devient d'une exceptionnelle compacité/complexité autour de la personne de Nadja), par l'incontrôlable effet de surdétermination qui, à la longue, s'en dégage, finit par se tisser, sous leur essentielle discontinuité, une continuité d'un tout autre ordre. Échappant à l'enchaînement par contiguïté, elle relève en effet des courts-circuits éblouissants (ils aveuglent et illuminent d'un seul et même mouvement) de l'Analogie. De *signe* en *signal*[2] s'opère ainsi le passage de « la place Dauphine au Dauphin » ; de la main de feu hallucinée par Nadja le 6 octobre à celle qui s'inscrit dans un tableau de Chirico ; des recherches sur les cours d'amour aux gravures du col-

2. Cf. P. Albouy, « Signe et signal dans *N* ».

porteur, puis, sur les traces d'un même roi de France, au château de Saint-Germain ; du baiser sur les dents à un tableau d'Ucello ; du jet d'eau des Tuileries à celui des dialogues de Berkeley (et vice versa)... Ou encore, faisant jouer cette fois les hasards de la langue, de Madame *Sacco*, voyante diseuse de *bonne aventure* au boulevard *Bonne-Nouvelle* des « journées de pillage dites *Sacco*-Vanzetti » puis aux « saccades » dont est faite la beauté. Ou de l'*héroïne* héroïnomane des *Détraquées* à *Blanche* Derval (l'héroïne n'est-elle pas aussi une poudre blanche ?), à Nadja, convoyeuse de cocaïne, puis à « l'adorable leurre du musée Grévin ». « Feignant de se dérober dans l'ombre pour attacher sa jarretière », la femme de cire est tout à la fois portrait métaphorique de Nadja (« la seule statue que je sache à avoir des yeux, ceux-là mêmes de la provocation ») et reflet de la Solange des *Détraquées*, « découvrant une cuisse merveilleuse un peu plus haut que la jarretière sombre ». Sans compter que, par ses longs gants de cuir souple, elle ravive le souvenir de « la dame au gant »...

On pourrait ici multiplier les exemples : comme plus tard dans *L'amour fou* (où explicitement une *chaîne* de *reflets*, un « dispositif de miroirs » fait la roue à tous les détours du texte), mais selon des procédures moins massives, est mis en place dans *Nadja* tout un système de réfractions — reprises, échos, modulations des mêmes thèmes, images ou mots, saturant la trame textuelle — qui vient compenser, suturer, sans les annuler pour autant, les fractures du texte, sa fragmentation en une multitude de cellules apparemment closes.

4. DES « PÉTRIFIANTES COÏNCIDENCES » À LA THÉORIE DU *HASARD OBJECTIF*

Nadja s'abandonne corps et biens, sans recul, à « la fureur des symboles », au « démon de l'analogie » : ses dessins en témoignent pathétiquement, où elle se représente en Sirène et fait de Breton le Lion de feu ou l'Aigle solaire. Elle s'en veut la proie consentante et éblouie. Breton pour sa part, en dépit de sa fascination devant ces invraisemblables « complicités », ne cesse d'en interroger les mécanismes secrets : « Qui étions-nous [...] ? » ; « Sous quelle latitude pouvions-nous bien être [...] ? » ; « Est-il vrai que [...] ? » ; « D'où vient que [...] ? ». Signes et signaux ne cautionnent nullement pour lui (comme ils semblent bien le faire pour Nadja : « Qui étais-je ? Il y a des siècles. Et toi, alors, qui étais-tu ? », p. 97) l'existence d'un *au-delà* transcendantal. C'est « dans cette vie », « devant la réalité » qu'il veut se situer et non « si loin de la terre », là où voudrait l'entraîner Nadja. Sans doute accepte-t-il (non sans quelque réticence) à ses côtés d'entrer « dans l'incroyable ». Mais c'est *ici-maintenant* qu'il tente d'enraciner la *merveille*. À la dérive, au vertige de Nadja il oppose — et c'est ce que manifestent éloquemment les premières séquences du « préambule » — une démarche critique et réflexive qui devait bientôt le conduire, dans *Les vases communicants* puis dans *L'amour fou*, à l'élaboration de la théorie du *hasard objectif* comme « forme de manifestation de la nécessité extérieure qui se fraie un chemin dans l'inconscient humain[1] ». Ainsi se trouvera déjouée la tentation idéaliste suscitée par l'exemple de Nadja. Et cautionnée — sur des bases qui se veulent matérielles, voire matérialistes — la réconciliation de l'homme avec lui-même et avec le monde. La rencontre, la trouvaille, la coïncidence — sans pour autant que soit atténué leur pouvoir de fulguration magnétique — ne seront dès lors plus le fruit hypothétique de « démarches ultimes, d'attentions singulières, spéciales » (p. 130), venues on ne sait d'où. Elles apporteront, en toute *objectivité*, la preuve (aux yeux de Breton irrécusable) de la toute-puissance du désir humain. Désir doté de l'exorbitant privilège de susciter, pour trouver à se satisfaire, son objet. Dans la pleine lumière de la (sur)réalité. Qui est aussi celle de l'« anomalie » progressivement — de récit en récit — apprivoisée. Breton pourra alors écrire dans *L'amour fou* : « Je ne me suis attaché à rien tant qu'à montrer quelles précautions et quelles ruses le désir, à la recherche de son objet, apporte à louvoyer dans les eaux préconscientes et, cet objet découvert, de quels moyens,

1. *AF*, p. 31. Cf. Dossier, p. 226-228.

stupéfiants jusqu'à nouvel ordre, il dispose pour le faire connaître par la conscience[1]. »

1. *AF*, p. 37.

D. « LA PARTIE ILLUSTRÉE DE *NADJA* »

D'un même souci d'enraciner la *merveille* dans le réel relève le « ton adopté pour le récit », pour tout ce qui, dans ce livre, est « relation au jour le jour aussi impersonnelle que possible de menus événements s'étant articulés les uns aux autres d'une manière déterminée » (p. 5). Tonalité résolument objective, quasi scientifique, dont l'« Avant-dire » de 1962 rappelle, par ailleurs, qu'elle coexiste avec la pure subjectivité de l'élan lyrique, jouant à plein du « clavier affectif » pour rendre sensible l'ébranlement interne, l'« état émotionnel » suscité par l'événement à l'instant de son surgissement.

À cette objectivation de l'incroyable participe également l'« image photographique » des lieux, des personnes, des objets liés, de près ou de loin, à l'histoire racontée. Image dont l'importance est attestée par le long commentaire explicatif des pages 177-182[2]. Et, trente-cinq ans plus tard, par l'attention que porte Breton, lors de la réédition du livre, à « la partie illustrée de *Nadja* » (p. 177), dans le cadre des corrections destinées à « obtenir un peu plus d'adéquation dans les termes et de fluidité par ailleurs » (p. 6).

2. Sur les photographies dans *N* et les interactions du texte lisible et de l'image visible, cf. J. Arrouye, « La photographie dans *N* » ; C. Guedj, « *N* d'André Breton ou l'exaltation réciproque du texte et de la photographie », et Dossier, p. 167-168.

Agrandissement du tirage et *modification de la mise en page* de certains clichés : redressant l'image pour l'inscrire dans l'ordre de lecture du texte, ces corrections du regard assurent mieux encore le jeu contrapuntique qui entrelace l'une à l'autre. *Cadrage rapproché* et *choix d'un détail différent* du lieu ou de l'objet, destinés à rendre mieux compte de « l'angle spécial dont [Breton] les avai[t lui-]même considérés » : la statue d'Étienne Dolet, le colombier du manoir d'Ango, *La profanation de l'hostie*. *Ajouts*, enfin, venant combler les involontaires lacunes de la première édition : la statue de Becque, l'adorable leurre du musée Grévin, la vaste plaque indicatrice inscrivant dans le livre la trace de la main merveilleuse intervenue pour en modifier radicalement la trajectoire et le sens. Et, surtout, l'énigmatique réduplication des « yeux de fougère », unique visualisation de la « vraie Nadja », de la « voyante », qui vient compléter tardivement ses autoportraits symboliques.

1. PHOTOGRAPHIE OU/ET DESCRIPTION

La « dépêche retardée » de « Noël 1962 » assigne explicitement « pour objet » à la photographie « d'éliminer toute description ». À dire le vrai, si, dans la majorité des cas, l'image photographique tient bien lieu d'une description absente du texte, il arrive aussi parfois qu'il n'en soit rien. Ainsi, par exemple, l'objet « pervers » donné à voir page 61 est soigneusement décrit pages 62-63. Tout comme le dessin de Nadja « en forme de casque », la description (p. 143-146) se justifiant ici des insuffisances de la reproduction. D'un autre dessin, « Le rêve du chat » (p. 142), seule la description (p. 143) peut indiquer qu'il s'agit d'un découpage. Il en est de même pour la mobilité du collage de la page 144, invisible sur l'image. Ou encore pour le « gant de bronze » (p. 66) dont seul le texte (qui, en outre, le constitue en image double : « gant de femme *aussi* ») peut permettre d'apprécier la matière et le poids.

Par ailleurs, les nombreux portraits qui jalonnent le récit attestent que, pour Breton, « il est bien évident qu'on ne peut pas, sans donner son portrait, faire voir si peu que ce soit un personnage auquel on s'efforce de toutes façons d'intéresser[1] ».

1. « Avis au lecteur pour " *La femme 100 têtes* "... », *op. cit.*, p. 60.

Mais force est de constater que, s'agissant par exemple du « professeur Claude à Sainte-Anne » (p. 162), seul le texte peut dire (et donc *faire voir* dans l'image) « ce front ignare et cet air buté qui le caractérisent » (p. 161). Ou que la présence du portrait de Madame Sacco (p. 91) accorde une importance, à première vue, démesurée à un personnage auquel le récit ne s'efforce guère d'intéresser : l'image ne prend sens que d'illustrer (en contrepoint) le thème de la voyance, largement orchestré par le texte et porté à l'incandescence par le montage des « yeux de fougère ». Le portrait de la voyante, en outre, entre en résonance avec le portrait de Blanche Derval — les yeux y sont pareillement soulignés (p. 56) —, qui s'éclaire lui-même, à distance, de la description des yeux fardés de Nadja (p. 72).

L'image, donc, ne se substitue pas systématiquement au texte. Il peut même arriver, d'ailleurs, qu'elle donne à voir un objet dont le texte fait l'économie (« L'âme du blé », p. 164) ou que, inversement, celui-ci seul ait charge d'évoquer — en les décrivant — le portrait de Nadja en papillon (probablement du genre sphinx...) ou « le réflecteur humain » (p. 155).

L'image ne vient pas s'ajouter, tautologiquement, au texte. Elle ne se contente pas de l'illustrer ; elle entretient avec lui des rapports proprement organiques et participe de plein droit à la production du sens. Par tout un jeu d'interférences actives, elle entre en résonance avec lui. Et, réversiblement, le texte avec elle. Dans la complexité — mûrement concertée — de leur double articulation, le texte et l'image, exaltant réciproquement leurs pouvoirs, réclament une lecture en quelque sorte bifocale. *Nadja* (se) constitue ainsi (en) un étrange objet à *lire-voir*. À l'instar du couple Nadja/Breton dans les rues de Paris, le livre qui relate leurs errances devient une « machine à influence » doublement « amorcée »...

2. LA PHOTO : INDICE ET TÉMOIN

« L'abondante illustration » de *Nadja* tire sa véritable justification de la nature même du procédé photographique. Ou, tout au moins, de la conception (assez restrictive) que s'en faisait Breton. La photographie, en effet, n'est pas à proprement parler une *icône*, re-présentation, re-production du réel, toujours susceptible (donc, aux yeux de Breton, suspecte) de manipulation, de trompe-l'œil. Elle a statut d'*indice :* empreinte de la réalité, trace d'un être, d'un événement, d'un lieu, d'un objet. Man Ray, peintre et photographe, auteur dans *Nadja* des portraits de Péret, d'Eluard, de Desnos (p. 28, 32 et 34), ne prétendait-il pas peindre « ce qui ne peut être photographié » ; à savoir : non pas le réel mais « ce qui vient de l'imaginaire ou du rêve[1] » ?

1. *Catalogue de l'exposition Man Ray*, Centre Georges-Pompidou, 1982, p. 34.

2. « Max Ernst », *PP*, p. 81.

3. *M*, p. 36.

C'est en raison de cette fonction indicielle de la photographie que Breton établissait la surprenante équation : écriture automatique = véritable photographie de la pensée[2]. Équation pertinente dans l'exacte mesure où l'automatisme est défini comme la projection sans médiation ni distorsion (production, donc, et non pas re-production) du « fonctionnement *réel* de la pensée[3] ». Comme toute image, la photographie est, certes, immuable, muette. Et pourtant, il est impossible de la réduire au silence puisque, par nature, selon la belle for-

1. W. Benjamin,
Poésie et révolution,
p. 18.

mule de W. Benjamin, elle « réclame avec insistance le nom de celui ou celle qui a vécu là, qui est là encore réel[1] ». Irréfutable constat d'un « cela a eu lieu », dont elle cautionne l'authenticité et garantit la véracité en l'ancrant dans la réalité de notre monde référentiel, la photographie est donc, dans *Nadja*, l'équivalent visible du *ton* adopté par Breton pour son récit du réel magnétisé par le hasard. Ton neutre de l'observation, du « document pris sur le vif » (p. 6). Celui de la simple constatation que *cela* s'est passé. Elle a donc, indépendamment de toute valeur esthétique, une fonction testimoniale.

3. BANALITÉ DES CLICHÉS ET « MERVEILLEUX QUOTIDIEN »

Les photos retenues par Breton, celles surtout de l'édition de 1928, frappent d'abord par leur banalité, leur neutralité de « carte postale ». Si on les compare avec celles rassemblées par E. Jaguer dans *Les mystères de la chambre noire* ou R. Krauss dans *Explosante-fixe* (et même avec celles choisies par Breton pour illustrer *L'amour fou*), elles n'ont rien de spécifiquement *sur-réaliste*. Même lorsqu'elles sont signées de noms surréalistes (J.-A. Boiffard ou Man Ray), on peut leur appliquer les formules utilisées par Breton pour définir le *ton* de son récit : « sans […] [le] moindre apprêt quant au style », ou « dénuement volontaire ». Mais leur banalité, leur neutralité voulue est pour attester que l'avènement de l'insolite, la magique traversée des apparences, le brusque surgissement de la *merveille* s'opèrent au cœur même du quotidien : « Je ne sais pas pourquoi c'est là, en effet, que mes pas me portent [...] sans rien de décidant que cette donnée obscure, à savoir que c'est là que se passera *cela* (?). Je ne vois guère, sur ce rapide parcours, ce qui pourrait, même à mon insu, constituer pour moi un pôle d'attraction » (p. 38). Car l'insolite, la *merveille* ne sont pas liés à la nature intrinsèque de l'objet contemplé. Mais au comportement d'un spectateur tout entier livré au « vent de l'éventuel ». À la disponibilité d'un regard apte à saisir, comme lui étant spécialement destiné, le plus discret *signal*. Voire à le susciter : « fixant moi-même un point brillant que je sais être dans mon œil » (p. 183).

Après coup seulement, en faisant jouer les images l'une avec l'autre (et avec le texte), en tentant d'y repérer ce qui, dans chacune d'elles, peut effectivement *faire signe* (au double sens de la formule : interpeller le regardeur/produire du sens), on remarque l'étrange solitude de la plupart des lieux ayant servi de décor à la déambulation de Breton et de Nadja. Comme si le monde, autour du couple, s'était magiquement vidé de toute présence étrangère.

Il y a toutefois une exception : la foule qui arpente le « boulevard Magenta, devant le Sphinx-Hôtel »

C'est *après coup* qu'apparaît la récurrence des portes béantes sur une inquiétante opacité. Ou celle des voitures immobilisées en attente d'un départ qui n'aura peut-être jamais lieu. Et encore : l'étrange ressemblance des couronnes funéraires sur le socle de la statue de Dolet (p. 26) avec les « rondeaux de bois qui se présentent en coupe » sur les boutiques BOIS-CHARBONS (p. 30-31). Ici encore le texte justifie (ou a suscité ?) l'impact de l'image : la statue et les rondeaux sont porteurs du même « malaise » mortifère (p. 26 et 31)...

4. « SES YEUX DE FOUGÈRE »

Une seule image échappe — spectaculairement — à ce « dénuement volontaire », à ce refus de tout « apprêt » : le collage-montage des « yeux de fougère ». Loin de se donner pour le constat objectif d'une irréfutable réalité, l'image ici *s'affiche* comme artefact, élaboration subjective. Figure de style, en quelque sorte... Ce que, de fait, elle est. Doublement.

Métonymie : du visage de Nadja ne nous sont donnés à voir que les yeux — comme nous ne connaîtrons jamais que le métonymique pseudonyme qu'elle s'est choisi : Nadja, « parce que en russe c'est le commencement du mot *espérance* et parce que ce n'en est que le commencement »...

Métaphore : à la quadruple répétition du regard (avec la régulière disposition des yeux, de part et d'autre d'un axe central, qu'elle induit), vient se surimposer l'image d'une fronde de fougère (vue à l'envers, avec les ocelles roux de ses spores...). Ainsi trouve à se donner à voir, dans la condensation d'une image double, la métaphore textuelle.

Dans la troisième partie, la femme aimée, « Toi », est elle aussi désignée textuellement par une *métonymie* (« une main merveilleuse et intrahissable », p. 182) et visualisée par une *métaphore :* les Aubes, le point du jour. Mais, ici, il ne s'agit plus de simples figures du langage, purs jeux rhétoriques : c'est le réel lui-même qui a fourni à la fois la métonymie et la métaphore, avec l'index tendu de l'enseigne du restaurant « Sous les aubes ». Et la photographie se contente d'en enregistrer le constat...

Alors même qu'elle atteste de la réalité de « la personne de Nadja », la photographie (par la manipulation qu'elle opère, par la complexité rhétorique de son élaboration) la désigne, bien avant le texte (cf. p. 179, 185 et 186), comme « entité » chimérique (le montage), comme simple figure d'un « pressentiment » (la métonymie) et comme *valant-pour*, comme « leurre » (la métaphore). Les deux autres portraits, métaphores *in absentia*, de Nadja (Mazda/Nadja, l'ampoule allumée, p. 156 ; la figure de cire, l'allumeuse, p. 178), ne font que souligner cet effet rhétorique.

En dépit du fabuleux déploiement de « tous les artifices de la séduction mentale » dont elle était parée (ou, bien plutôt, à cause d'eux ?), Nadja n'était pas porteuse de la lumière attendue, de la *révélation*. Elle ne pouvait en proposer que l'amorce — une amorce destinée à faire long feu...

5. LES DESSINS DE NADJA

Les dix dessins de Nadja occupent une place particulière dans l'iconographie de *Nadja*. Certes, ils ont, comme toutes les autres illustrations, une fonction testimoniale : l'écriture manuscrite de Nadja (p. 123, 139, 145, 147 et 163), sa signature (p. 139, 141 et 144) attestent l'existence réelle, concrète, de la passante du 4 octobre. Mais ils sont regroupés, pour la plupart, entre les pages 138 et 148, en un bloc compact, prolongé sans solution de continuité par la série des tableaux et fétiches (p. 150-154) que le commentaire de Breton fait entrer en résonance avec eux. De ce fait, ils interrompent le texte, suspendent son déroulement. Le visible, ici, pour la première et unique fois, semble l'emporter sur le lisible, le déborder. Réduire au silence le discours qui, parallèlement, tente d'en rendre compte.

Deux dessins échappent à ce regroupement, l'encadrant à distance. Le premier — « le premier que je vois d'elle », p. 122 — apparaît à la fin du journal des rencontres. Nadja l'a *communiqué* à Breton au lendemain de ce 11 octobre où ils déambulèrent « l'un près de l'autre mais très séparément » (p. 123). Comme si, consciente de cette distance, de la lassitude et de l'ennui de Breton — « je ne m'attends de sa part à rien d'exceptionnel » —, Nadja tentait de le retenir, en relançant, sur nouveaux frais, sa curiosité. Le dessin visualise cette mise à distance. Il les inscrit, elle et lui, cryptiquement, en deux espaces distincts. Parallèles et insuturables. *Breton :* le masque rectangulaire qu'un trajet sinueux et discontinu de la ligne de cœur relie à l'étoile : « une étoile vers laquelle vous alliez » (p. 81). *Nadja :* « la forme calligraphique des L » (p. 125), de l'initiale de Léona, qui, étrangement, suggère un sphinx accroupi : « le " Sphinx-Hôtel ". Elle me montre l'enseigne lumineuse portant ces mot... » (p. 122).

Le dernier dessin intervient dans le livre quand, dans le récit, Nadja, devenue folle, est déjà morte au monde. Face au visage « ignare » et « buté » de l'aliéniste qui l'a internée. Sans aucun appui dans le texte pour tenter de déchiffrer l'imbroglio de ses figures à demi effacées et de ses bribes de mots illisibles[1].

1. « " L'âme du blé " (dessin de Nadja) », p. 163.

La masse continue des dessins ne se contente pas de suspendre la lecture. Elle opacifie, en quelque sorte, le texte par le caractère insolite, énigmatique de ce que les images donnent à voir. Cette énigme, les mots dont Nadja a souvent doublé ses dessins — formules magiques, maximes lapidaires, invocations ou exorcismes —, loin d'aider à la résoudre, la soulignent et l'aggravent.

Signes et paroles conjugués ne disent rien d'autre qu'une altérité radicale, irréductible.

Cette altérité est déjà — bien avant que le texte la désigne comme telle (p. 159) — celle de la « folie ». Les dessins de Nadja, associant dans le désordre d'un chevauchement anarchique figurations iconiques et inscriptions manuscrites, présentent ce même caractère d'écriture figurative secrète dont Prinzhorn faisait, au début des années vingt, une des caractéristiques récurrentes des « expressions de la folie[1] ». L'impérieuse nécessité des images intérieures trouve à s'y objectiver, pour la seule jouissance du sujet, en un message complexe, hybride. Indissoluble nœud d'images à voir et de mots à lire. Indéchiffrable pour tout autre que le sujet déchiré — aliéné — qui l'a produit. Et parfois même pour lui.

1. H. Prinzhorn, *Expressions de la folie* (1922).

Il se manifeste pourtant aussi, dans ces dessins, un pathétique désir de communiquer, de se donner à connaître, voire de séduire l'autre : autoportraits en princesse ou en fée (p. 145), en sirène (p. 141, 146) ; portraits de l'aimé en masque (p. 122) ou en monstre (p. 141) ; portraits symboliques des amants : unis/désunis, inconciliables et pourtant indissolubles. Comme le feu et l'eau (p. 141). Comme le double regard divergent, comme les deux cœurs affrontés que tente en vain de conjurer « l'Enchantement de Nadja » (p. 139) et qui constituent la « clef » secrète de leurs rapports (p. 140).

Cette altérité, cet *autre* qui l'habite, Nadja, inlassablement, tente de lui donner forme et présence à travers la figure de la Sirène : Mélusine ou/et Méduse, monstre hybride, femme-poisson ou femme-serpent, qui conjoint le même et l'autre. Mais la Sirène toujours échappe à sa prise. Elle dérobe son visage à celle qui voudrait s'y reconnaître et s'y donner à voir. Nadja ne parvient à la représenter que « toujours de dos » (p. 140, 141 et 143). Ou alors le visage « obstinément » *masqué*. Comme elle-même, au matin du 13 octobre, « dérobait son visage derrière la lourde plume inexistante de son chapeau » (p. 127). À travers les figures qui la hantent, Nadja ne cesse de s'interroger — et d'interroger Breton — sur son identité toujours instable et menacée : « Qu'est-elle ? » (p. 145) ; « Qui étais-je ? » (p. 97). Ce faisant, elle tend à Breton un miroir où il reconnaît, inversée, sa propre interrogation : « Qui suis-je ? » / « Qui je hante » (p. 9). Mais c'est le miroir de Méduse : « Qui a tué la Gorgone, dis-moi, qui ? » (p. 125). Miroir pétrifiant, mortifère. Et, puisque lui, contrairement à Nadja, se refuse à perdre « la faveur » de l'instinct de conservation (p. 149), il n'aura d'autre issue que d'en détourner son regard.

Deux fois seulement Nadja se représente de face et se donne figure humaine. Mais toujours de façon incomplète, mutilante. Dans le dessin de la page 145, si le visage apparaît, le corps — qui chez Mélusine est le lieu de l'altérité — demeure masqué. Et l'identité, loin d'être affirmée, est mise sous le signe — typographique — de l'énigme. Signe redondant. Écrasant. Le collage mobile de la page 144 ne donne à voir du visage que les yeux. Et la chevelure, dont les volutes serpentines, les deux boucles frontales en forme de corne suggèrent une fois de plus la Sirène-Mélusine-Méduse. Le reste du visage est absent. Un voile triangulaire, opaque, dissimule la bouche, bâillonne toute velléité de prise de parole.

Ce visage est celui de Nadja : l'identité en est attestée par la signature, doublement présente. Au bas du visage, d'abord — de ce qui devrait être le bas d'un visage et n'est qu'un espace vide, un blanc. Signature clairement lisible. Mais rejetée comme à l'arrière-plan par le noir profond du *13* qui la surmonte. Le chiffre du malheur et de la mort peut se lire, simultanément, comme le monogramme de Breton : AB. Et la main massive d'où émerge le visage muet de Nadja est bien aussi celle de Breton : « La main de feu, c'est à ton sujet, tu sais, c'est toi » (p. 117).

La seconde signature se dissimule dans les boucles de la chevelure, qu'elle contribue à dessiner. Son statut est double : forme plastique, à voir ; signe graphique, à lire. Éminemment instable, donc. Lisible, elle désigne et signifie l'identité de la femme représentée. Mais en la diluant dans l'illisible d'un entrelacs de lignes non signifiantes...

Opaques, indéchiffrables, les dessins de Nadja le sont pour Breton : « Mais que me proposait-elle ? N'importe » (p. 159). Il souligne leur aspect « insolite » (p. 140), « obscur » (p. 143), non (ou mal) reproductible (p. 143), comme est « intraduisible » son « soliloque » troué de silences (p. 125). Mais ils le sont aussi, au premier chef, pour Nadja elle-même : elle ne sait « dire pourquoi » la forme des « L » la fascine, « ne peut rien dire » du masque rectangulaire (p. 124) et « ne s'expliqu[e] pas » la signification des cornes qui font obstinément retour... Il semble que, à l'instar de l'énigmatique « réflecteur humain » (p. 157), les images qui l'obsèdent — et qui s'imposent à elle comme des « apparitions » (p. 138, 143) dont elle ne maîtrise pas le surgissement — demeurent toujours « hors de [sa] portée ».

Énigmatiques, incompréhensibles — et, par cela même, éminemment dérangeants —, les dessins de Nadja le demeurent enfin pour le lecteur/spectateur de *Nadja*, maintenu dans l'inconfortable position d'un *voyeur* face à un spectacle intime, un rituel privé qui ne lui est pas destiné. Confronté à l'opacité d'une serrurerie mentale dont la clé, en dépit des bribes de déchiffrement que tente de fournir le texte, lui est à jamais refusée.

Qui m'accompagne à cette heure dans Paris sans me conduire nulle part et que, d'ailleurs, moi non plus, je ne conduis pas[1] ?

1. *AF*, p. 67.

Ce n'est qu'aux premières pages du troisième volet de *Nadja* qu'apparaît le visage d'André Breton (p. 174). Réponse retardée à la question inaugurale : « Qui suis-je ? » Réponse enfin apportée — dans une parfaite fusion de l'écrit et du vécu — à la fois par la rédaction du livre et par la rencontre de celle qui dissipe toutes les énigmes. Le regard est tourné vers l'amont. Vers les pages qui précèdent. Vers la succession des *faits-glissades* qui ont conduit à la rencontre de Nadja, vers la prolifération des « invraisemblances adorables » qui l'ont suivie. Le tout résumé dans la photographie suivante (« Au musée Grévin... », p. 178), qui condense en une seule figure féminine Nadja et toutes celles qui l'ont précédée. Mais le visage de Breton est auréolé d'une lumière venue de l'aval. De l'Aube nouvelle que donne à voir et à lire, dans l'ultime image, aussi bien la luminescence du ciel pâle que l'inscription de « la plaque indicatrice » (p. 181).

Immédiatement doublée d'une autre (« Qui je hante ? »), qui en modifie radicalement le sens, la question inaugurale pose comme préalable à toute recherche de soi l'abandon de la conception classique du sujet comme identité substantielle, préexistante et stable. Comme « figure achevée » de moi-même. Et, donc, le refus de la démarche introspective de l'autobiographie traditionnelle qui se donnait pour tâche de retrouver, à travers la diversité, la multiplicité de son vécu, l'unité et la cohérence de l'individu. Tout au contraire (et paradoxalement), le sujet surréaliste, tel que le définit ici Breton, cherche à cerner sa singularité à travers l'essentielle altérité du monde. Lieux et objets qui le fascinent, l'attirent ou le repoussent. Qui, donc, entretiennent avec lui d'étranges complicités et, de façon détournée, masquée, lui donnent de ses nouvelles (p. 190). À travers aussi — et surtout — l'altérité des êtres que le hasard, en réponse à un désir qu'il ignore peut-être éprouver, porte à sa rencontre.

C'est de l'Autre que Breton attend que lui soit révélé *qui* il est. Et le sens de sa propre vie[1]. Tel est, par-delà la revendication polémique d'une totale authenticité dans la relation du vécu, le sens profond de la mythique « maison de verre ». Parce qu'elle laisse transparaître l'Autre « qui me hante », elle m'autorise à espérer voir « *qui je suis* m'apparaîtr[e] tôt ou tard gravé au diamant » (p. 19). À travers les *signes* énigmatiques que me font lieux, choses, êtres, événements (en quoi, sans en comprendre clairement la signification, je suis amené progressivement à

1. Cf. M. Blanchot, « Le Demain joueur » ; P. Plouvier : *Poétique de l'amour chez A. Breton.*

reconnaître un *signal* à moi seul, entre tous, destiné), me sera révélée non pas ma différence — c'est-à-dire un état, une manière d'être — mais bien ma *différenciation*. C'est-à-dire « ce qu'il a fallu que je cessasse d'être pour être *qui* je suis » (p. 9). Car c'est en prenant conscience de « *l'aptitude* générale qui m'est propre » que je peux espérer me définir. Et cette aptitude ne « m'est pas donnée » toute faite, une fois pour toutes. Il me faut, d'acte en acte, d'événement en événement, sinon la conquérir, du moins progressivement la découvrir, la reconnaître. La question inaugurale n'a donc nullement une portée ontologique. Elle a pour fonction d'autoriser l'émergence d'un sujet en acte, en perpétuel devenir. En somme, comme l'imagination, le sujet humain est « une faculté qui s'exerce ».

Cette question du « Qui suis-je ? » semble bien avoir, de tout temps, hanté Breton. Il se la posait à vingt ans, pour tenter de comprendre les contradictions dont il se sentait traversé : « Oh ! mais, qui suis-je[1] ? » Il la posait, à vingt-quatre ans, à celle qui devait devenir sa femme, en s'étonnant que, contrairement à lui, elle soit « toujours la même[2] ». On en retrouve l'écho, la même année, dans un article sur Lautréamont : « De l'unité de corps on s'est baucoup trop pressé de conclure à l'unité d'âme, alors que nous abritons peut-être plusieurs consciences[3]. » Ou dans un poème, énigmatiquement titré : « PSTT », pure et simple

1. Lettre de Breton à son ami Théodore Fraenkel, août 1916, *OC I*, p. 1523.

2. Lettre à Simone, 24 octobre 1920, *OCI*, p. 1523.

3. « Les chants de Maldoror », *PP*, p. 66.

reproduction / appropriation de l'annuaire du téléphone, qui, modulant dans le registre de la dérision dadaïste la même inquiète interrogation sur les critères de la *différenciation*, confronte à la liste des interchangeables BRETON parisiens la seule signature du poète : « BRETON (André)[1]. En 1924, elle réapparaît dans l'« Introduction au discours sur le peu de réalité », accompagnant un éloge du « démon Pluriel » : « Maintes fois des gens qui regardaient ma photographie ont cru bon de me dire : " C'est vous " ou " Ce n'est pas vous " ? (Qui pourrait-ce donc être ? Qui pourrait me succéder dans le libre exercice de ma personnalité ?)[2] »

1. *CT*, p. 49-50. Cf. Dossier, p. 194-195.

2. *PJ*, p. 20.

De ce facétieux « démon Pluriel », la trace s'inscrit par deux fois dans *Nadja*. Sous les traits du Dr Wang Foo, ce personnage de *L'Étreinte de la Pieuvre* qui, ayant trouvé le moyen de « se multiplier, envahissait New York à lui seul » (p. 38). La démultiplication jubilante du moi en d'innombrables avatars qui défient allégrement la loi et les hiérarchies sociales (de saisissement — ou de fureur —, le président Wilson en perd ses « binocles » !) trouve son répondant — ou plutôt son exact négatif — dans la « si stupide, si sombre et si émouvante histoire » de M. Delouit (p. 183). Dépossédé de lui-même, cet homme sans mémoire est perpétuellement en quête de sa propre identité. Dans une vaine « poursuite éperdue » qui n'est pas sans évoquer celle qui a « jeté » Breton dans la rue sur les traces de Nadja... Avant Nadja, avant « Toi », le *serial* fantastique exerce sur Breton une fascination euphorique. Sans doute parce que Sa Majesté le Moi y manifeste sa toute-puissance avec la tranquille impudence de la petite enfance. Avec aussi l'impunité du rêve. L'histoire de M. Delouit, en revanche, est génératrice d'angoisse. Parce qu'elle met en scène la pulsion autodestructrice d'un moi fragmenté, incapable de toute réunification. Mais cette angoisse, il suffira pour l'apaiser que se tende la « main merveilleuse » de la femme aimée (p. 184).

On retrouve encore la même question sous la fascination qu'a toujours exercée sur Breton la double lecture de ses initiales : AB/1713[1], où semblent se prolonger les angoisses de Nadja : « Qui étais-je ? Il y a des siècles. » Mais si Nadja est encore (pour bien peu de temps) capable de distinguer le réel de l'hallucination (p. 126), elle est aussi, déjà, la proie sans défense des personnalités d'emprunt (mythiques, p. 140 et 149 ; historiques, p. 98 et 127, ou ludiques, p. 87) qui, tour à tour ou simultanément, la séduisent. Elle demeure leur prisonnière, totalement *aliénée* à *l* par ces moi étrangers qui ne vont pas tarder à l'expulser d'elle-même. L'attitude de Breton, en revanche, proprement *poétique* (et c'est bien là ce que lui reproche Nadja, surprise et choquée qu'il ne se soit pas livré,

1. « Du poème-objet » (1942), *Le surréalisme et la peinture*, p. 284-285.

pieds et poings liés, au Sphinx de la rue Bonaparte), lui permet, bien qu'il soit pleinement conscient de ne pas être « seul à la barre du navire » (p. 20), de préserver l'intégrité du « paysage mental » qui est le sien. Prenant en compte la présence en lui de l'Autre (« celui qui du plus loin vient à la rencontre de moi-même », p. 172), s'abandonnant à « la grande inconscience vive et sonore » pour qu'elle « dispose à tout jamais de ce qui est [lui] » (p. 183), ce n'en est pas moins toujours à « [lui] seul », à « [lui]-même » qu'il jette le cri du guetteur de merveilles.

De *signal* en *signal*, dans le battement répété, contradictoire et complémentaire, de l'événement hasardeux — discontinuité pure et convergence unifiante —, le sujet se découvre à la fois désigné (dessiné/destiné) en ce qu'il a de plus singulier, et, « témoin hagard » de ce qui lui advient, dépossédé de la rassurante illusion d'en être le seul ordonnateur. De *faits-glissades* (qui replient inexplicablement le temps et l'espace sur eux-mêmes) en *faits-précipices* (qui ouvrent dans la temporalité une insuturable béance), s'instaure une dynamique, toujours à nouveau relancée, dont on peut espérer que, hors de tout calcul, de toute prévision, elle prépare « l'événement dont chacun est en droit d'attendre la révélation du sens de sa propre vie » (p. 69). « Point sublime » destiné peut-être à demeurer éternellement hors d'atteinte (c'est bien ce que suggèrent les réticences et les allusions à une possible rupture qui minent les litanies lyriques à « Toi »), mais qui seul — et d'être seulement désiré — donne prix à la vie. Car, ainsi qu'il est dit dans *L'amour fou*, « indépendamment de ce qui arrive, n'arrive pas, c'est l'attente qui est magnifique[1] ».

Dans *Nadja* (comme dans *L'amour fou* ou dans *Arcane 17*) cet événement exorbitant — « la réalisation même, [...], la réalisation intégrale, oui [...] l'invraisemblable réalisation » de tous les espoirs (p. 176) — est la rencontre, toujours « capitale[2] », « subjectivée à l'extrême », d'une femme qui devient, pour le sujet ébloui, « la pierre angulaire du monde matériel[3] ». On voit ici se mettre en place cette « idée de l'amour unique[4] » dont Breton, contre vents et marées, en dépit des démentis successifs que la vie lui opposait (cf. *Les vases communicants*, *L'amour fou*), ne devait plus cesser de se réclamer. Le mythe inaugural de *L'amour fou*, où il (se) propose « une synthèse possible de cette idée et de son contraire », en constitue la plus parfaite (la plus utopique ?) illustration, véritable mise en scène de la « revue à grand spectacle qui, toute une vie, sans espoir de changement », a possédé, « hanté » son « théâtre mental ». Il y énonce la consolante « hypothèse » que l'inévitable « jeu de substitution d'une personne à une autre, voire à plusieurs autres » (ce jeu qui contredit l'espoir naguère mis en « Toi » :

1. *AF*, p. 39.

2. *AF*, p. 27 *sq.*

3. *VC*, p. 83.

4. *AF*, p. 13.

« cette substitution de personnes s'arrête à toi, parce que rien ne t'est substituable », p. 187), n'a d'autre finalité que de permettre au sujet désirant de découvrir enfin, « dans tous les visages de femmes » qui ont pu, au cours de sa vie, le fasciner, un visage unique, « le *dernier* visage aimé[1] ». Ainsi, tout comme le sujet ne peut se définir qu'en acte, en devenir, *l'amour unique* ne se constitue qu'à travers la multiplicité des rencontres éblouissantes, dans l'approximation progressive de l'être aimé.

1. *AF*, p. 7-12.

En tout état de cause, l'éblouissement de l'amour (*aveuglement* à tout ce qui n'est pas *toi* : « il est parfait que tu me l'aies cachée » ; *révélation* de la présence absolue : « Puisque tu existes comme toi seule sais exister », p. 186-187) n'est pas pour autant retour frileux à soi. Il ne referme pas le sujet sur une unicité close, sur une cohérence autosuffisante de soi à soi. Sur « une figure achevée » de moi-même « qui n'a aucune raison de composer avec le temps » (p. 10). Car « Toi » ne détient pas la réponse — univoque et définitive — à la question inaugurale. Le geste de sa main tendue vers les Aubes (le recommencement, la relance infinie du désir) dénie, bien au contraire, toute pertinence au questionnement lui-même : « Royauté du silence. Un journal du matin suffira toujours à me donner de mes nouvelles » (p. 190).

Dans l'ouverture à l'Autre, dans la disponibilité à tout ce qui lui advient de/par l'Autre, dans la reconnaissance de sa présence absolue et de sa radicale altérité, le *je* se trouve, se reconnaît et se définit : « Toi [...] qui ne parais avoir été mise sur mon chemin que pour que j'éprouve dans toute sa rigueur la force de ce qui n'est pas éprouvé en toi » (p. 185).

La seule réponse possible, admissible, au lancinant « Qui suis-je ? » est celle qui relance à jamais la chanson du guetteur et préserve intacte la dynamique du désir. À savoir : la perte jubilatoire en l'Autre qui rend le sujet à lui-même...

« J'aimerais que ma vie ne laissât après elle d'autre murmure que celui d'une chanson de guetteur, d'une chanson pour tromper l'attente. Indépendamment de ce qui arrive, n'arrive pas, c'est l'attente qui est magnifique[1]. »

1. *AF*, p. 39.

DOSSIER

I. REPÈRES BIOGRAPHIQUES

1896   Naissance à Tinchebray (Orne), le 19 février :
« POISSON SOLUBLE : n'est-ce pas moi le
poisson soluble, je suis né sous le signe des
Poissons et l'homme est soluble dans sa pensée » *(Manifeste du surréalisme)*. Père gen-
darme, puis comptable.

1900-1913   Enfance à Pantin. Sur ses souvenirs
d'enfance, cf. « Saisons », in *Les champs
magnétiques*. Rapports sans doute difficiles
avec la mère. Études secondaires au lycée
Chaptal (section moderne). Lectures de Baudelaire, Mallarmé, Huysmans. Rencontres
avec Valéry.

1914-1916   Commence des études de médecine.
2 août : début de la guerre. Affecté à Nantes
comme infirmier militaire (lectures de Rimbaud ; rencontre et amitié avec Jacques
Vaché), puis au Centre psychologique des
armées à Saint-Dizier (découverte des prestiges de la folie).
Rencontres avec Apollinaire.

1917   À Paris, interne au Centre neurologique du
Pr Babinski.
Rencontre d'Aragon, Soupault. Découverte
éblouissante de Lautréamont.

1918   Mort d'Apollinaire. Fin de la guerre.

1919   Mort de Jacques Vaché. Fondation (avec Aragon, Soupault, puis Eluard) de *Littérature*
(1919-1924).

Découverte de l'*écriture automatique* ; rédaction avec Soupault des *Champs magnétiques*. Publication de *Mont de Piété* (poèmes 1913-1919).

1920-1921   Arrivée de Tzara à Paris. Rencontre de Péret et, en juin, de Simone Kahn, qu'il épouse l'année suivante. Manifestations dada. Procès Barrès. Conseiller artistique et littéraire du couturier et mécène J. Doucet.

1920-1923   Installation rue Fontaine. « Congrès pour la détermination des directives et la défense de l'esprit moderne ». Polémiques avec Tzara. Période des sommeils (septembre-novembre). Rupture avec Dada : soirée du *Cœur à Barbe*. *Clair de terre* (poèmes 1920-1923). Procès de G. Breton.

1924   *Les pas perdus* (essais 1918-1923). Bureau de recherches surréalistes. Rencontre de Lise Meyer. *Manifeste du surréalisme*, suivi de *Poisson soluble*. Pamphlet collectif à l'occasion de la mort d'Anatole France : *Un cadavre*. Renvoyé par J. Doucet. *La Révolution surréaliste* (dir. : Paul Naville, Benjamin Péret).

1925   « Introduction au discours sur le peu de réalité ». Scandale du Banquet Saint-Pol-Roux ; « Lettre ouverte à P. Claude ». Signature de l'« Appel » contre la guerre du Maroc. Prend la direction de *La Révolution surréaliste*. Contacts avec le groupe *Clarté*. Tract collectif « La révolution d'abord et toujours ». « Lettre aux Voyantes ». Note sur le *Lénine* de Trotski.

1926   Rencontre de Nadja. « Légitime défense ». Soupault, Artaud, Vitrac exclus du groupe.

1927	Adhésion au parti communiste : « Au grand jour ».
	Internement de Nadja. Rupture avec L. Meyer.
	Rencontre de Suzanne Musard.
1928	*Nadja. Le surréalisme et la peinture.*
1929	Divorce avec Simone.
	Second manifeste du surréalisme (paraît dans le dernier numéro de *La Révolution surréaliste*).
	Desnos : *Troisième manifeste du surréalisme.*
1930	Pamphlet collectif contre Breton : *Un cadavre.*
	Avec Eluard : *L'immaculée conception.*
	Congrès de Kharkov : Aragon, Sadoul désavouent le surréalisme.
1931	Rupture avec S. Musard. Liaison avec V. Hugo. *L'union libre* (anonyme).
1932	Affaire Aragon : rupture. Adhésion à l'Association des écrivains et artistes révolutionnaires. Exclu en 1933.
	Le revolver à cheveux blancs (poèmes 1916-1932). *Les vases communicants.*
1933	Membre du comité de rédaction de *Minotaure* (1933-1939).
	Hitler, chancelier d'Allemagne.
	Violette Nozières, recueil collectif. Enquête sur la « rencontre capitale ».
1934	« Appel à la lutte » contre la manifestation des ligues fascistes, le 6 février. Participe au Comité de vigilance des intellectuels antifascistes.
	Mai : rencontre de Jacqueline Lamba. Mariage en août.
	Point du jour (essais).
1935	Voyages avec Jacqueline à Prague, aux Canaries.

Interdit de parole au Congrès international pour la défense de la culture. Rupture avec le parti communiste. *Position politique du surréalisme*.

Naissance d'Aube, fille de Breton et de Jacqueline.

1936   Exposition internationale du surréalisme à Londres.

Guerre d'Espagne. Prend position contre les « procès de Moscou ».

1937   *L'amour fou.*

1938   Exposition internationale du surréalisme à Paris.

Voyage au Mexique. Rencontre de Trotski : « Pour un art révolutionnaire indépendant ». Constitution de la Fédération internationale de l'art révolutionnaire indépendant. Rupture avec Eluard.

1939   3 septembre : début de la Seconde Guerre mondiale.

1940   *Anthologie de l'humour noir* : interdit par la censure de Vichy.

Regroupement à Marseille de surréalistes en partance pour les États-Unis.

1941   Départ pour les États-Unis. A Fort-de-France, rencontre d'A. Césaire.

1941-1946   A New York. Speaker à la Voix de l'Amérique. Nombreuses activités surréalistes. Rencontre avec Elisa (1944) ; voyage en Gaspésie, puis dans les *pueblos* indiens. Divorce avec Jacqueline. Mariage avec Elisa. Voyage à Haïti, où son passage coïncide avec une révolution. Retour en France.

1947-1949	*Ode à Charles Fourier. Rupture inaugurale* ; dénonciation du stalinisme. « À la niche les glapisseurs de Dieu » : contre les tentations religieuses de certains surréalistes. Prise de position contre la guerre froide. Fondation du Rassemblement démocratique révolutionnaire avec Sartre, Camus, Paulhan... *Martinique charmeuse de serpents. Flagrant délit,* dénonciation d'un faux manuscrit de Rimbaud.
1950-1953	*Almanach surréaliste du demi-siècle.* Rupture avec Camus. Participation au journal anarchiste *Le Libertaire.* Intérêt accru pour l'alchimie. Entretiens radiophoniques avec A. Parinaud. *La clé des champs* (essais).
1955-1958	Intérêt pour l'art gaulois et celte. Adhésion au Comité d'action des intellectuels contre la poursuite de la guerre en Afrique du Nord. Prise de position contre de Gaulle. Fondation de la revue *Le Surréalisme, même.* *L'Art magique.*
1959	Exposition inteRnatiOnale du Surréalisme (EROS), à Paris. *Constellations.*
1960	Participe à l'élaboration du Manifeste des 121 (« Sur le droit à l'insoumission ») contre la guerre d'Algérie, qu'il signe avec de nombreux surréalistes.
1966	28 septembre, mort à l'hôpital Lariboisière.

II. D'UNE ÉDITION À L'AUTRE : LES VARIANTES DE *NADJA*

L'édition de 1963, « entièrement revue par l'auteur », constitue la version *ne varietur* de *Nadja*. Dans l'« Avant-dire », Breton se justifie d'avoir voulu « améliorer un tant soit peu dans sa forme » le texte de 1928 : se défendant de toute retouche pour tout ce « qui se réfère au clavier affectif », à « l'expression de l'état émotionnel » qui avait été le sien lors de la rédaction, il revendique le droit de rechercher « un peu plus d'adéquation dans les termes et de fluidité par ailleurs ».

En réalité, les corrections sont très nombreuses : M. Bonnet a pu en relever plus de trois cents. On ne signalera ici que certaines des plus significatives, en les regroupant en grandes rubriques qui visent à cerner les motivations de ces *retouches* ou à en éclairer la portée.

A. LES NOTES DE 1963

L'édition de 1928 comportait déjà des notes. Insolites dans un récit, elles tiraient le texte vers l'*essai*, participaient de la visée quasi scientifique de l'entreprise et instituaient déjà le scripteur en lecteur de son propre livre. En 1963 le texte s'enrichit de toute une série de notes nouvelles qui, « au bout de trente-cinq ans », mesurent la distance parcourue ou témoignent du point de vue actuel, distancié, que portent, simultanément, l'écrivain, devenu son propre lecteur, sur son texte et l'homme sur le comportement qui avait été jadis le sien.

B. LA PARTIE ILLUSTRÉE DE *NADJA*

Le projet iconographique initial : dans sa lettre à Lise Meyer du 16 septembre 1927[1], Breton annonçait « une cinquantaine de photographies », relatives à « tous » les éléments « mis en jeu » par son « histoire ». Il en cite vingt-deux, de « l'hôtel des Grands-Hommes » au « *tableau de Mordal*, vu de face et de profil[2] ».

L'édition de 1928 en compte le double (quarante-quatre). Toutes celles de la lettre y figurent. À l'exception toutefois de la statue de Becque, de « la femme du musée Grévin », de l'enseigne de Pourville (dont l'absence est justifiée p. 177), de « la fenêtre de la Conciergerie » et du *tableau changeant*[3]. S'y ajoutent : deux portraits (Péret, p. 32 ; Breton, p. 174) ; des documents (p. 39 et p. 40-41) ; d'autres lieux de l'errance avec Nadja (p. 86, 99, 119, 121 et 131) ; des « images d'images[4] », illustrant les « pétrifiantes coïncidences » (p. 101, 110 et 112). Enfin, avec les dix (la page 145 en reproduit deux) dessins de Nadja, l'ensemble formé par les trois tableaux et les deux fétiches qui l'ont tant fascinée (p. 123, 139-154 et 163).

L'édition de 1963 ajoute quatre nouvelles photographies, modifie la mise en page de nom-

1. Cf. *infra*, p. 61.
2. *OC I*, p. 1505.
3. Les trois dernières ne figurent dans aucune des deux éditions.
4. La formule est de J. Arrouye, *op. cit.*

breux clichés, et, surtout, change le cadrage de certains autres. Pour obtenir, sans doute, « plus d'adéquation » entre le texte et l'image. Ainsi, la statue de Dolet (p. 28) a perdu l'arrière-plan largement ouvert de la place Maubert et gagné une frontalité et un surplomb menaçants qui justifient l'« insupportable malaise » évoqué page 26. Le détail du tableau d'Ucello (p. 110) rend visible la « profanation », absente de celui retenu en 1929, centré sur le seul groupe de personnages. Le « colombier » du manoir d'Ango (p. 25) remplace la « loggia » de 1928, qui ne renvoyait qu'au lieu, réel, de l'écriture[1]. L'image visible entre en résonance avec l'image poétique des colombes ensanglantées annonçant l'entrée en scène de Nadja (p. 69). Le colombier fait ainsi fonction de premier portrait symbolique de Nadja : « Je suis comme une colombe blessée par le plomb qu'elle porte en elle », écrivait à Breton, le 30 janvier 1927[2], celle qui dès sa première apparition est comparée à un oiseau qui « se pose à peine en marchant » (p. 72) et qui devait décevoir Breton parce que chez elle « tout prenait si vite l'apparence de la montée et de la chute » (p. 159).

C. « C'EST SÉRIEUX LA PATINE » (p. 7)

Certaines corrections témoignent de la prise en compte par Breton du « renouvellement de l'audience » de *Nadja*, et, plus largement, du surréalisme :

— p. 21 : « ... " automatique "... » / *1928* : « ... surréaliste... ».

---

1. Cf. p. 58.
2. *OC I*, p. 1542.

Dans son sens premier, « surréaliste » était synonyme d'« automatique[1] », ainsi dans la rubrique « Textes surréalistes » de *La Révolution surréaliste*. En 1963, il y a beau temps que les surréalistes ont pris acte de l'« infortune continue » du procédé et que — les guillemets utilisés par Breton en témoignent — le surréalisme a débordé le cadre étroit que lui assignait la définition de 1924.

— p. 171 : « ... textes poétiques... » / *1928* : « ... textes surréalistes... ».

La formule initiale, plus restrictive, plus prudente peut-être, assimilait les textes de Nadja aux productions (surréalistes) de l'automatisme ; en 1963, la restriction a disparu : il s'agit tout uniment de textes *poétiques*. Comme si, à cette date, pour Breton, il n'était de poésie que ... surréaliste...

— p. 62 : « ... avec un ami... » / *1928* : « ... en compagnie de Marcel Noll... ».

M. Noll a été un surréaliste de la première heure ; on trouve un texte de lui dans le numéro 1 de *La Révolution surréaliste* (p. 7), à la rubrique « Textes surréalistes ». Gérant de la Galerie surréaliste, en 1926, sa gestion semble avoir été d'une rigueur quelque peu incertaine... En 1963, Noll ayant depuis longtemps disparu du surréalisme — et, plus largement, de la scène littéraire —, son nom risquait de ne rien évoquer pour les nouveaux lecteurs de *Nadja*.

— p. 29 : « ... par l'intermédiaire de Jean Paulhan... » / *1928* : « ... par l'intermédiaire d'un ami commun... ».

En octobre 1927, une querelle a opposé Breton et Paulhan : article de Paulhan dans la *NRF* prenant violemment à partie les surréalistes ; lettres d'injures de Breton, Aragon et Eluard ;

---

1. Cf. *M*, p. 36.

provocation en duel par Paulhan ; refus de Breton ; article insultant par celui-ci dans la *NRF*... Les deux hommes s'étant réconciliés depuis près de vingt ans, ces péripéties héroï-comiques sont en 1963 bien périmées...

— p. 19 : « ... rien que de peu honorable... » / *1928* : « ... rien que de peu honorable. M. Tristan Tzara préférerait sans doute qu'on ignorât qu'à la soirée du *Cœur à barbe*, il nous " donna ", Paul Eluard et moi, aux agents, alors qu'un geste spontané de cette espèce est si profondément significatif et qu'à cette lumière, qui ne peut manquer d'être celle de l'histoire, *25 poèmes* (c'est le titre d'un de ses livres) deviennent *25 Élucubrations de policier* ».

En juillet 1923, Tzara fait jouer dans un théâtre parisien sa pièce *Le Cœur à barbe*. La « Soirée du *Cœur à barbe* », où les amis de Breton s'acharnèrent à perturber la représentation, marque la rupture, officielle et ostentatoire, des futurs surréalistes avec Dada et son chef de file. Elle donna lieu à de violents incidents : Breton, qui avait attaqué à coups de canne un des participants, lui brisant le bras, fut expulsé par la police, appelée à la rescousse par Tzara...

Quelques années plus tard, Tzara devait rejoindre le groupe surréaliste, rapprochement dont témoigne le *Second manifeste*[1] où Breton fait amende honorable des insultes de 1928 : « Nous croyons à *l'efficacité* de la poésie de Tzara et autant dire que nous la considérons, en dehors du surréalisme, comme la seule vraiment *située* [...]. Le sachant désireux lui-même d'unir, comme par le passé, ses efforts aux nôtres, rappelons-lui qu'il écrivait, de son propre aveu, *pour chercher des hommes et rien de plus*. »

---

1. *M2*, p. 121.

— p. 59 : « Le pouvoir d'incantation que Rimbaud [...] s'offrit à me réciter... » / *1928* : « La très grande, la très vive émotion que m'a procurée vers 1915 la lecture de Rimbaud et que, de toute son œuvre, ne continuent plus à me donner que de très rares poèmes tels que *Dévotion* est sans doute, à cette époque, ce qui a permis qu'un jour, en province, où je me promenais seul sous une pluie battante, je rencontrasse une jeune fille qui fut la première à m'adresser la parole et qui, sans préambule, comme je faisais quelques pas, me demanda la permission de me réciter... »

Bien que Rimbaud ait toujours été — avec Lautréamont et Jarry — une de ses références, voire un de ses modèles privilégiés, Breton, vers 1928-1930, manifeste à son égard une attitude assez négative[1] : « Inutile de discuter encore sur Rimbaud : Rimbaud s'est trompé, Rimbaud a voulu nous tromper. Il est coupable devant nous d'avoir permis, de ne pas avoir rendu tout à fait impossibles certaines interprétations déshonorantes de sa pensée, genre Claudel. » Mais ce ne devait être là qu'une désaffection passagère — anecdotique et circonstancielle. En 1963, la grave restriction de 1928 n'avait plus lieu d'être. Le reste de la variante relève du souci stylistique d'obtenir « plus de fluidité » : suppression des relatives en cascade ; de la cacophonie des *que, qui, qu', quelque*... ; du subjonctif imparfait anachronique...

1. *M2*, p. 70.

D. « QUELQUE ÉGARD AU MIEUX-DIRE... » (p. 7), « UN PEU PLUS D'ADÉQUATION DANS LES TERMES...

Ces variantes précisent l'« état émotionnel » et nuancent le « clavier affectif ».

Par insistance :

— p. 64 : « ... ma panique quand... » / *1928* : « ... de la peur qui me prit quand... ».

Par allégement :

— p. 180 : « ... des instances semblables... » / *1928* : « ... des instances inexplicables... ».

— p. 184 : « ... toi qui ne peux plus... » / *1928* : « ... ô toi qui ne peux plus... ».

Par expansion :

— p. 176 : « ... plié sous le poids d'une émotion intéressant, cette fois, le cœur plus encore que l'esprit, se détache de moi quitte à me laisser frémissant... » / *1928* : « ... plié sous un poids d'émotion infiniment plus grand, se détache de moi et se met à me faire peur... ».

Par élision :

— p. 187 : « ... cette succession d'énigmes... » / *1928* : « ... cette succession d'énigmes terribles ou charmantes. »

E. ... ET DE FLUIDITÉ PAR AILLEURS... » (p. 6)

Ces variantes, d'ordre proprement stylistique, visent à corriger une rupture de rythme ou à supprimer en effet de dysphonie, à évacuer les scories d'une écriture de l'urgence.

— p. 159 : « ... Le mystérieux, l'improbable, l'unique, le confondant et l'indubitable amour... » / *1928* : « ... le confondant et le *certain* amour... ».

— p. 166 : « ... un acte anormal prêtant à constatation objective et prenant un caractère délictueux dès lors qu'il est commis sur... » /

1928 : « un fait patent et objectivement constaté, de caractère anormal et commis autant que possible sur... ».

— p. 169 : « ... je n'ai jamais supposé qu'elle pût perdre ou eût déjà perdu la *faveur* de cet instinct de conservation [...] et qui fait qu'après tout mes amis et moi, par exemple, nous nous *tenons bien* — nous bornant à détourner la tête — sur le passage d'un drapeau... » / *1928* : « ... je n'ai jamais pensé qu'elle pût perdre ou qu'elle eût déjà perdu le minimum de sens pratique qui fait qu'après tout mes amis et moi, par exemple, nous nous *tenons bien* sur le passage d'un drapeau, nous bornant à ne pas le saluer... ».

— p. 177 : « ... l'adorable leurre qu'est, au musée Grévin [...] de la provocation » / *1928* : « ... une adorable figure de cire qu'on peut voir au musée Grévin, à gauche, lorsqu'on passe de la salle des célébrités à la salle au fond de laquelle, derrière un rideau, est présentée une soirée au théâtre : c'est une femme attachant dans l'ombre sa jarretelle et qui est la seule statue que je connaisse ayant des yeux, les yeux de la provocation ».

F. L'OCCULTATION DE LA NUIT DU 12 OCTOBRE

Breton semble, après coup, avoir voulu gommer tout ce qui, dans son texte de 1928, pouvait évoquer la dimension physique, charnelle, de sa liaison avec Nadja.

— p. 127 : « Dans ce compartiment où nous sommes seuls, toute sa confiance... » / *1928* : « Nous sommes seuls maintenant dans un compartiment de première. Toute... ».

Le compartiment de première classe suggérait sans doute un peu trop concrètement le confort discret d'un douillet réduit galant...

— p. 155 : « ... notre dernière rencontre... » / *1928* : « ... la dernière visite que je lui ai faite... ».

Nadja vit dans une chambre d'hôtel, qui permet toutes les intimités. Les autres rencontres dont fait état le récit ont presque toutes pour décor des lieux publics. À la rigueur, un taxi, une voiture. Tous lieux qui n'autorisent que quelques baisers... Certes, Nadja est venue au moins une fois chez Breton (p. 146). Mais, chez lui, il a pris soin de l'en avertir dès la première rencontre, il y a sa femme (p. 81 et 85).

— p. 127 : « Force nous est d'attendre le prochain train qui nous déposera à Saint-Germain vers une heure. En passant devant le château... » / *1928* : « Nous décidons d'attendre le prochain train pour Saint-Germain. Nous y descendons, vers une heure du matin, à l'" Hôtel du Prince de Galles ". En passant... »

L'occultation de toute mention de l'hôtel ne peut guère se justifier par un souci pointilleux des bienséances : en ce début des années soixante, où l'érotisme et la libération sexuelle commencent à être de mode, l'allusion de 1928 — au demeurant fort discrète — à la nuit passée avec Nadja ne risquait guère de choquer. Sans doute faut-il plutôt y voir le souci de maintenir la balance — que toute la stratégie narrative a pour but d'établir — entre la « séduction mentale » et la « passion », entre le *non-amour* et l'amour, « invraisemblable réalisation » (p. 176) de l'espoir et du désir, entre l'insaisissable « Chimère » que l'« on n'atteint pas » (p. 111) et la « femme » merveilleusement « vivante » (p. 185) que l'on étreint sans réserve.

G. TYPOGRAPHIE

En 1928, le texte de la dépêche (p. 190) est en romain, sauf le nom de l'avion, *Dawn*, signalé à l'attention du lecteur par l'italique. L'inversion des types de caractères en 1963 ne remet pas en cause l'effet de relief. En revanche « Lyon » (p. 189), en romain comme le reste de la page en 1928, passe à l'italique en 1963. Par l'artifice typographique, l'avion *L'Aube* et la *Gare de Lyon*, empruntés à l'univers référentiel, sont intégrés au réseau des échos, reprises et jeux de miroirs qui tissent le texte.

H. MISE EN PAGE DE LA DISCONTINUITÉ

L'édition de 1963 augmente le nombre des *blancs* qui isolent l'une de l'autre les séquences textuelles, soulignant d'autant la discontinuité et les ruptures du tissu narratif (p. 135-136, 138 et 159). Par ailleurs, les lignes de points de suspension qui viennent (p. 177, 184 et 188) doubler le blanc typographique ont été, nous apprend M. Bonnet[1], demandées après coup par Breton sur les épreuves de l'édition de 1928. Elles apparaissent donc comme un effet — secondaire — de lecture, le livre demeurant ainsi, de bout en bout, ouvert, battant comme une porte au vent de l'éventuel. La discontinuité narrative s'aggrave de l'ellipse, de l'occultation suggérée d'une partie du texte : quelque chose d'autre, ici, aurait pu/dû être dit que le texte se refuse à dire. Les points de suspension visualisent les nécessaires silences d'un récit désormais impossible.

1. *OC I*, p. 1557, 1559, 1560.

I. LES CORRECTIONS SUR ÉPREUVES (1928)

Il n'existe pas de manuscrit connu, répertorié de *Nadja*. En revanche, M. Bonnet a pu consulter les premières épreuves de l'édition de 1928 et y relever les corrections manuscrites portées par Breton[1]. On constate alors que trois des variantes les plus signifiantes du texte sont, en quelque sorte, internes à la première édition.

— p. 44, note : « Var : *Amour nouveau, tu peux venir.* » « *Mon bel amour* » : la première version fait parler une jeune fille qui n'a encore rien vécu qu'elle puisse regretter. Elle attend tout de « l'avenir », de son *futur*, « l'époux » qui lui révélera l'amour unique. Dans la variante signalée en note, au contraire, c'est bien d'une *substitution* de personne qu'il s'agit, celle-là même qui interviendra dans la lacune du récit, entre la seconde et la troisième partie. Ainsi, relisant une dernière fois son texte avant impression, Breton semble s'être avisé d'une autre « coïncidence » encore, d'un supplémentaire « signal » à lui destiné : une chanson à la mode en 1920 fonctionnait déjà comme une annonce, sinon un pressentiment, de la rencontre de 1927.

— p. 82 : « La vie est autre que ce qu'on écrit. »

— p. 179 : la longue note résulte aussi d'un effet de (re) lecture : « Il ne m'avait pas été donné jusqu'à ce jour... » On pourrait la qualifier de *repentir* : elle réintroduit, à retardement, la *présence* de Nadja, dont pourtant « la personne » est déjà « si loin » ; elle ajoute un épisode — et non des moindres ! —, jusque-là oublié, au journal des rencontres. Étrange oubli, si l'on songe à la nature de l'épisode en question, qui eût dû

---

1. *OC I*, p. 1522, 1535, 1548, 1558.

marquer durablement la mémoire. Il conviendrait plutôt de parler d'occultation, de refoulement d'un souvenir intolérable, qui n'en fait pas moins retour. Irrésistiblement : l'ensemble de la note — la plus longue du texte — est rédigé d'un trait sur une page volante jointe aux épreuves. Mais pour être aussitôt détourné : « une femme qui était Nadja, mais qui eût pu [...] *être telle autre*... ». Désamorcé par le passage du particulier au général : « C'est à une puissance extrême de défi que certains êtres... »

III. DOCUMENTS

A. « LE MANOIR D'ANGO [...] OÙ JE ME TROUVE EN AOÛT 1927... » (p. 24)

Essayez, si vous le pouvez, de mettre dans tout cela l'ordre majeur de l'Histoire. Je m'y perds. Et il y a des jours, riez de moi, où je crois encore avoir vingt ans.

L. Aragon, *L'Œuvre poétique*, t. IV, p. 28.

Le certain, du moins me semble-t-il, c'est que dans l'été de 1928[1], à Varengeville, c'est-à-dire à deux pas de Dieppe, j'ai écrit *Le traité du style*, tandis que dans une tour de ferme, à quelques kilomètres de là, au Manoir d'Ango, nous avions organisé pour André Breton, alors seul et malheureux, une sorte de perchoir où il écrivait, lui, *Nadja* : nous lisions pour Nane[2], et pour nous-mêmes, les pages des derniers jours, alternant ces deux écrits, et j'entends toujours dans cette maison aux murs de carton, où commencent déjà entre Nane et moi ces alternatives du malheur, les disputes, la jalousie dont je fais soudain en moi la découverte... j'entends toujours le rire d'André aux pages du *Traité*... sans savoir ce que cette gaieté forcenée de ma part cachait déjà de l'*Othello* qu'en cachette je lisais, relisais dans le texte anglais...

1. Erreur de datation : il s'agit de l'été 1927.
2. Nancy Cunard. Aragon avait alors avec elle une liaison passionnée et orageuse, qui devait le mener au bord du suicide.

B. L'ÉPOQUE DES SOMMEILS (p. 35)

Du 25 septembre 1922 au mois de février 1923, à l'initiative de Crevel (lui-même influencé par une de ses amies médium), ont lieu, dans l'atelier de Breton, des expériences de *sommeil hypnotique*. Desnos y joue le rôle principal : il parle, écrit des poèmes et dessine, spontanément ou à la demande. Sur ces séances et sur leur importance dans l'invention du surréalisme, voir Breton : « Entrée des médiums », in *Les pas perdus*, p. 116-124.

Desnos s'endort une seconde fois dans la soirée du 28 septembre 1922. Écriture spontanée : umidité (*sic* — puis mot illisible). Je connais un repère bien beau. (On lui ordonne à ce moment d'écrire un poème.)

Procès-verbal de la séance du 28 septembre, *Littérature*, nouvelle série, n° 6.

Nul n'a jamais conquis le droit d'entrer en
    maître
dans la ville concrète où s'accouplent les
    dieux
il voudrait inventer des luxures abstraites
et des plantes doigts morts au centre de nos
    yeux

Cœur battant nous montons à l'assaut des
    frontières
les faubourgs populeux regorgent de
    champions
remontons le courant des nocturnes artères
jusqu'au cœur impassible où dormiront nos
    vœux

Ventricule drapeau, clairon de ces pays
l'enfant gâté par l'amour des autruches
au devoir de mourir n'aurait jamais failli
si les cigognes bleues se liquéfiaient dans l'air

Tremblez tremblez mon poing (dussé-je avaler
    l'onde)
a fixé sur mon ventre un stigmate accablant*
et les grands cuirassés jettent en vain leur
    sonde
aux noyés accroupis au bord des rochers
    blancs.

(Spont.) La Tour.
— Qui est la tour ? Une femme ?
— Oui, naturellement.
— Tu la connais ?
— Oui (appuyé, crayon cassé).
— Est-elle belle ?
— Je ne sais.
— A-t-elle d'autres qualités ?
— Je ne l'aime pas.
— Est-elle ici ?
— Oui (crayon cassé).
— Il ne faut plus parler d'elle ?
— If you want.
— Que feras-tu dans cinq ans ?
— Le fleuve (l'e final commence un dessin
    de vague, petit bateau, fumée.
Écrit avec beaucoup d'application) : elle
    s'appelle Bergamote.
Q. — Que fera Breton dans cinq ans ?
R. — (Dessin du cercle avec son diamètre)
    Picabia Gulf Stream Picabia.
Q. — Aimes-tu Breton ?
R. — Oui (crayon cassé, puis lisiblement) ; oui.
(Dessin d'une flèche.)
Q. — Que fera Eluard dans cinq ans ?
R. — 1 000 000 frs.
Q. — Que fera-t-il de cet argent ?
R. — La guerre à la flotte.
Q. — Qui est Max Ernst ?
R. — Le scaphandrier et la grammaire
    espagnole.

Q. — Que penses-tu de Simone Breton ?
(Pas de réponse.)
Q. — Qui est-elle ? Que vois-tu pour elle ?
R. — Je (biffé) volubilis (dessin de l'œil avec la
    flèche) la belle aimée (dessin par-dessus
    lequel on lit :) le cheval.
Q. — C'est Gala Eluard qui te donne la main.
R. — (Dessin.)
Q. — Que vois-tu pour elle ?
R. — L'heure fatale ou cela vous le verrez.
Q. — Que fera-t-elle ?
R. — (Dessin d'une clé de sol.)
Q. — Mourra-t-elle bientôt ?
R. — Opéra opéra.
(Ici se placent les deux vers : Et les grands
    cuirassés..., etc.)
Q. — Est-ce tout pour Gala Eluard ?
R. — O il y aura des allumettes de trois
    couleurs (dessin d'une main appuyée à une
    courbe) main contre la lune.
Q. — Que sais-tu de Max Ernst ?
R. — La blouse blanche de Fraenkel à la
    Salpêtrière.
Q. — Qui est Max Ernst ?
R. — Un *fa* dièse.
(Réveil.)

 * C'est à la fin de ce vers que nous avons
arrêté Desnos, pensant que le poème que dans
la demi-obscurité nous ne pouvions lire était fini.
Il se prêta de bonne grâce aux questions qui sui-
virent et c'est au bout de cinq ou dix minutes que
sans transition il écrivit les deux derniers vers que
nous ne reconnûmes pas tout d'abord.

C. « LE THÉÂTRE MODERNE, SITUÉ AU FOND DU PASSAGE DE L'OPÉRA... » (p. 43)

Ce que l'imagination désigne ainsi d'un index translucide, c'est la petite baraque en bois où l'on délivre des places pour le Théâtre Moderne. Elle est accotée à une palissade grise, qui prend à l'heure du couchant des tons de grive, dans laquelle s'ouvre une porte de la librairie Flammarion. Une caissière à chaque fois que vous traversez son champ optique psalmodie derrière son guichet le prix des fauteuils et la nature des attraits de sa maison, desquels trois ou quatre photographies accrochées à la cabane donnent une idée simple et suffisante. Ce sein, ces jambes résument clairement l'intention des auteurs, comme aux portes des cinémas les images avec revolver braqué, barque emportée par les torrents, cow-boy pendu par les pieds. Et c'est pour rien :

L. Aragon, *Le Paysan de Paris*, p. 84-85.

THÉÂTRE MODERNE		
Prix des places		
Loges et avant-scène		30 fr. »
	Avancés	25 fr. »
	Réservés	20 fr. »
Fauteuils	1re Série	15 fr. 50
	2e -	11 fr. 50
	3e -	9 fr. »
Stalles 5 fr. 75		
Tous droits et taxes compris		

Le Théâtre Moderne eut-il jamais son époque de lustre et de grandeur ? A y voir trente spectateurs, les jours d'affluence, on se prend à penser au sort de ces petits théâtres, desquels on ne manque pas à dire qu'ils sont de véritables bonbonnières. Des garçons de quinze ans, quelques gros hommes, et des gens de hasard se glissent aux fauteuils les plus éloignés qui sont les moins chers, tandis que quelques fondants roses, professionnelles ou actrices entre deux scènes, se disséminent aux places à vingt-cinq francs. Parfois un marchand de bœufs ou un Portugais au risque d'apoplexie se paie la folie d'un premier rang, pour voir la peau. On a joué ici des pièces bien inégales. *L'école des garçonnes, Ce coquin de printemps*, et une sorte de chef-d'œuvre, *Fleur de péché*, qui reste le modèle du genre érotique, spontanément lyrique, que nous voudrions voir méditer à tous nos esthètes en mal d'avant-garde. Ce théâtre qui n'a pour but et pour moyen que l'amour même, est sans doute le seul qui nous présente une dramaturgie sans truquage, et vraiment moderne. Attendons-nous à voir bientôt les snobs fatigués du music-hall et des cirques se rabattre comme les sauterelles sur ces théâtres méprisés, où le besoin de faire vivre quelques filles et leurs maquereaux, et deux ou trois gitons efflanqués, a fait naître un art aussi premier que celui des mystères chrétiens du Moyen Age. Un art qui a ses conventions et ses audaces, ses disciplines et ses oppositions.

Ibid., p. 132-133.

D. « MAIS, NADJA, COMME C'EST ÉTRANGE ! » (p. 100)

En 1925 a été publiée une édition des *Dialogues entre Hylas et Philonoüs* de Berkeley. Dans une traduction nouvelle, elle reprenait l'édition de 1750 avec ses trois *emblèmes*, ou vignettes allégo-

riques, et leurs commentaires justificatifs. C'est sans doute cette édition que Breton « vien[t] de lire ». La vignette du troisième Dialogue, reproduite dans *Nadja*, illustre la scène finale où l'un des interlocuteurs compare, comme le fait Nadja, le jaillissement et la retombée d'un jet d'eau au mouvement de la pensée.

L'objet du troisième Dialogue est de répondre aux difficultés auxquelles le sentiment qu'on a établi dans les Dialogues précédents peut être sujet, de l'éclaircir en cette sorte de plus en plus, d'en développer toutes les heureuses conséquences, enfin de faire voir, qu'étant bien entendu, il revient aux notions les plus communes. Et comme l'Auteur exprime à la fin du livre cette dernière pensée, en comparant ce qu'il vient de dire à l'eau que les deux Interlocuteurs sont supposés voir jaillir d'un jet, et qu'il remarque que la même force de la gravité fait élever jusqu'à une certaine hauteur et retomber ensuite dans le bassin d'où elle était d'abord partie, on a pris cet emblème pour le sujet de la vignette de ce Dialogue ; on a représenté en conséquence dans cette dernière vignette, qu'on voit à la page 175, les deux Interlocuteurs, se promenant dans le lieu où l'Auteur les suppose, et s'entretenant là-dessus, et pour donner au Lecteur l'explication de l'emblème, on a mis au bas le vers suivant : / *Urget aquas vis sursum eadem, flectitque deorsum*[1].

A. Breton, *Nadja*, p. 101.

Sur l'intérêt de Breton pour la philosophie « idéaliste » de Berkeley, qui affirmait l'immatérialité du

1. « La même force lance les eaux vers le haut et les fait retomber à bas. »

perçu et, donc, « le peu de réalité » du monde dit réel, cf. M. Mourier, « Breton/Berkeley : de l'idéalisme absolu ».

E. « LA LÉGENDE DÉTAILLÉE QUI FIGURE AU DOS DE LA TOILE » (p. 149)

Le tableau de Max Ernst que cite ici Breton, et qui lui a appartenu, fait aujourd'hui partie des collections de la Tate Gallery, à Londres. Il est répertorié sous le titre « Les hommes n'en sauront rien ». Une « légende détaillée » — un poème plutôt — « figure » bien « au dos de la toile ». Elle décrit les figures que le tableau donne à voir en éclairant leur signification symbolique :

Le croissant (jaune et parachute) empêche que le petit sifflet tombe par terre. / Celui-ci, parce qu'on s'occupe de lui, s'imagine monter au soleil. Le soleil est divisé en deux pour mieux tourner. / Le modèle est étendu dans une pose de rêve. La jambe droite est repliée (mouvement agréable et exact). / La main cache la terre. Par ce mouvement la terre prend l'importance d'un sexe. / La lune parcourt à toute vitesse ses phases et éclipses. / Le tableau est curieux par sa symétrie. Les deux sexes s'y font équilibre. / à André Breton / très amicalement / max ernst.

Faisant la double économie de la « légende *détaillée* » et du long commentaire qu'en donne Nadja (« elle s'est *longuement* expliquée sur le sens particulièrement difficile... »), le texte préserve intacte la double opacité, également énigmatique, du tableau et de la femme.

F. « SELON MOI, TOUS LES INTERNEMENTS SONT ARBITRAIRES » (p. 166)

LETTRE AUX MÉDECINS-CHEFS DES ASILES DE FOUS RS, n° 3, 15 avril 1925, p. 29.

Messieurs,

Les lois, la coutume vous concèdent le droit de mesurer l'esprit. Cette juridiction souveraine, redoutable, c'est avec votre entendement que vous l'exercez. Laissez-nous rire. La crédulité des peuples civilisés, des savants, des gouvernants pare la psychiatrie d'on ne sait quelles lumières surnaturelles. Le procès de votre profession est jugé d'avance. Nous n'entendons pas discuter ici la valeur de votre science, ni l'existence douteuse des maladies mentales. Mais pour cent pathogénies prétentieuses où se déchaîne la confusion de la matière et de l'esprit, pour cent classifications dont les plus vagues sont encore les seules utilisables, combien de tentatives nobles pour approcher le monde cérébral où vivent tant de vos prisonniers ? Combien êtes-vous, par exemple, pour qui le rêve du dément précoce, les images dont il est la proie sont autre chose qu'une salade de mots ?

Nous ne nous étonnons pas de vous trouver inférieurs à une tâche pour laquelle il n'y a que peu de prédestinés. Mais nous nous élevons contre le droit attribué à des hommes, bornés ou non, de sanctionner par l'incarcération perpétuelle leurs investigations dans le domaine de l'esprit.

Et quelle incarcération ! On sait, — on ne sait pas assez — que les asiles, loin d'être des *asiles*, sont d'effroyables geôles, où les détenus fournissent une main-d'œuvre gratuite et commode, où les sévices sont la règle, et cela est toléré par vous. L'asile d'aliénés, sous le couvert de la science et de la justice, est comparable à la caserne, à la prison, au bagne.

Nous ne soulèverons pas ici la question des internements arbitraires, pour vous éviter la peine de dénégations faciles. Nous affirmons qu'un grand nombre de vos pensionnaires, parfaitement fous suivant la définition officielle, sont, eux aussi, arbitrairement internés. Nous n'admettons pas qu'on entrave le libre développement d'un délire, aussi légitime, aussi logique que toute autre succession d'idées ou d'actes humains. La répression des réactions antisociales est aussi chimérique qu'inacceptable en son principe. Tous les actes individuels sont antisociaux. Les fous sont les victimes individuelles par excellence de la dictature sociale ; au nom de cette individualité qui est le propre de l'homme, nous réclamons qu'on libère ces forçats de la sensibilité, puisque aussi bien il n'est pas au pouvoir des lois d'enfermer tous les hommes qui pensent et agissent.

Sans insister sur le caractère parfaitement génial des manifestations de certains fous, dans la mesure où nous sommes aptes à les apprécier, nous affirmons la légitimité absolue de leur conception de la réalité, et de tous les actes qui en découlent.

Puissiez-vous vous en souvenir demain matin à l'heure de la visite, quand vous tenterez sans lexique de converser avec ces hommes sur lesquels, reconnaissez-le, vous n'avez d'avantage que celui de la force.

G. « TOI »

1. « ENTRER ET SORTIR QUE TOI » (p. 185)

A. B. : Cette Suzanne, vous l'aviez connue à quelle occasion ?

E. B. : Dans un bordel de la rue de l'Arcade. Je

E. Berl, *Interrogatoire*, Gallimard, 1976, p. 45-47.

l'avais emmenée à Biarritz. Elle était très jolie, très jeune, sur les bords de la prostitution, née à Aubervilliers dans une famille modeste, mais elle me le cacha d'abord en s'inventant d'autres origines, assez vagues d'ailleurs.

Elle avait un don de parole très fort qu'une absence totale de culture aurait pu gêner, mais au contraire favorisait. Lors de ma rencontre avec elle, elle passait tout son temps au *Rat mort* à Pigalle, dont le tenancier vivait avec l'une de ses amies. Quand elle avait su que j'écrivais, elle m'avait promis son appui auprès de Rochette, un financier qu'elle rencontrait parfois — et confondait avec Hachette. Rochette fut d'ailleurs arrêté et emprisonné par la suite.

J'étais marié, elle et moi avions peu de chose en commun. Elle ne s'intéressait pas du tout à mon travail d'écrivain et je ne m'intéressais que faiblement au récit de son passé, mélange de confessions et de mensonges.

Elle se mit en tête que je devais l'épouser — je le désirais d'autant moins que je ne croyais pas du tout qu'elle me restât.

Je lui disais : « Tu veux me brouiller avec tout le monde, que je parte seul avec toi dans le Sud algérien, où tu me quitteras avec un officier de spahis. »

Je me sentais alors très proche des surréalistes. Lié d'amitié avec Aragon, j'allais constamment au café Cyrano. J'y emmenai Suzanne qui, très vite, séduisit Breton. Mon entente avec lui fut d'abord favorisée par cette circonstance. Nous projetions de faire une collection de livres, qui se serait appelée « Le Salon particulier », titre d'ailleurs trouvé par Breton. Sur la couverture de chaque livre de la collection, il y aurait eu une reproduction du mystérieux tableau du Douanier Rousseau *Le Divan dans la forêt* qui représente un canapé vide au milieu de la forêt vierge... Et on aurait pu publier comme ça du Pétrus Borel... je ne sais pas...

Mais, avant que les premières maquettes fussent mises au point, Breton était parti avec Suzanne qui me laissa un mot digne de la Périchole. Je fus pris alors d'une rage dont la véhémence me déconcerta. Suzanne ne tarda pas à revenir. Par la suite, elle ne cessa de faire des aller et retour entre Breton et moi.

Ma morale devenait très sévère et me poussait violemment à gauche. Je me reprochais de rester marié et de vivre sinon riche, du moins beaucoup plus aisé que la moyenne du café Cyrano, et de la CGT.

Je divorçai donc d'avec ma première femme, me brouillant avec tout mon entourage et prenant quelque plaisir à me ruiner.

Mon mariage avec Suzanne finit par avoir lieu mais cela ne l'empêcha pas de continuer à osciller entre Breton et moi. Par la suite, nos relations se sont complètement effilochées et nous vivions séparés quand j'ai pris la direction de *Marianne* en 1932. Je me suis marié une troisième fois en 1937 avec Mireille. Heureusement.

2. « TOI QUI [...] NE DOIS PAS ÊTRE
UNE ENTITÉ MAIS UNE FEMME » (p. 185)

Breton encensait ses amours ; il façonnait la femme qu'il aimait pour que, conforme à ses aspirations, elle devienne à ses yeux une valeur affirmée. Or, je n'ai été que le sujet d'une déception, parce qu'inadaptable à ce qu'il voulait que je sois. Trop rétive, je subissais plutôt des impulsions incontrôlables, fugitives, incapables de se plier à des sentiments suggérés. Aussi, je ne revendique pas ce qui me concerne à la fin de *Nadja*. Ce texte a été dicté dans l'élan

Souvenirs de S. Musard, in M. Jean, *Autobiographie du surréalisme*, Seuil, 1978, p. 321-323.

d'une passion irréfléchie, aussi poétique que délirante, et il est plutôt à l'honneur de Breton qu'au mien.

[...]

En ce qui me concerne, je n'ai pas aimé l'homme en vue d'une postérité qui le plaçait d'avance sur un piédestal. C'était trop haut pour moi, dont l'objectivité ne recherchait que des émotions à portée du cœur. L'Amour est un piège pour des amants en quête d'absolu. J'ai souvent été très touchée, très flattée par les hommages qu'André Breton me rendait en public, mais jamais conquise dans le privé par des habitudes qui en rompaient le charme. Cependant, je suis certaine de l'avoir aimé, ne serait-ce que pour l'unique raison du cadeau que fait toujours un homme à une femme en la choisissant pour l'aimer... Peut-être avais-je la faculté de provoquer l'amour, et André Breton celle de l'inspirer sans posséder le don magique de pouvoir l'entretenir. Notre liaison n'a vécu que dans les soubresauts des révoltes et des réconciliations et n'essayait de survivre que pour sauver ce que nous en avions espéré. Cela a duré le temps de consumer l'amour à petit feu. Les souvenirs se parent de toutes les grâces, et si j'essaie de les raviver, c'est pour donner à l'amour les raisons de sa séduction, et de celle d'André Breton en particulier, entre autres cette façon charmante qu'il avait d'attacher autant d'importance à une fleur des champs qu'à une précieuse orchidée poussée dans une serre ; exactement comme pour les femmes, ainsi Nadja, cette curieuse naufragée qui vivait d'imprévus dans un hôtel sordide, ou Lise Deharme qui situait son élégante existence dans un décor fastueux... deux femmes opposées qu'André Breton plaçait dans un cadre plus sur-réaliste que concrètement vivable. C'est après elles que je suis intervenue dans sa vie, étonnée par lui et (parce qu'il le voulait ainsi) étonnante pour lui. Ne lui avais-je pas appris que toute jeune fille, je l'avais sûrement côtoyé à l'un des carrefours de cette banlieue où, étudiant à Paris, il revenait chaque soir rejoindre sa famille... Nous donnions à ce hasard la valeur d'une étrange coïncidence qui devait inévitablement nous destiner à nous rencontrer plus tard... Nous évoquions avec Eluard, lui-même né à Saint-Denis, la jeunesse de ces filles qui grandirent comme moi aux portes de Paris, à proximité des terrains vagues et des anciennes fortifications. Notre esprit banlieusard s'auréolait d'un snobisme très particulier et nous accordions notre idéologie populaire à une révolution russe encore toute fraîchement teintée de rouge.

3. « " C'EST ENCORE L'AMOUR ", DISAIS-TU »
(p. 187)

I. Quelle sorte d'espoir mettez-vous dans l'amour ?
II. Comment envisagez-vous le passage de l'idée d'amour au fait d'aimer ? Feriez-vous à l'amour, volontiers ou non, le sacrifice de votre liberté ? L'avez-vous fait ? Le sacrifice d'une cause que jusqu'alors vous vous croyiez tenu de défendre, s'il le fallait, à vos yeux, pour ne pas démériter de l'amour y consentiriez-vous ? Accepteriez-vous de ne pas devenir celui que vous auriez pu être si c'est à ce prix que vous deviez de goûter pleinement la certitude d'aimer ? Comment jugeriez-vous un homme qui irait jusqu'à trahir ses convictions pour plaire à la femme qu'il aime ? Un pareil gage peut-il être demandé, être obtenu ?
III. Vous reconnaîtriez-vous le droit de vous priver quelque temps de la présence de l'être

Enquête « Quelle sorte d'espoir met-tez-vous dans l'amour ? », *RS*, n° 12, 15 décembre 1929, p. 71.

que vous aimez, sachant à quel point l'absence est exaltante pour l'amour, mais apercevant la médiocrité d'un tel calcul ?

IV. Croyez-vous à la victoire de l'amour admirable sur la vie sordide ou de la vie sordide sur l'amour admirable ?

André Breton

« I. L'espoir de ne me reconnaître jamais aucune raison d'être en dehors de lui.

« II. Le passage de l'idée d'amour au fait d'aimer ? Il s'agit de découvrir un objet, le seul que je juge indispensable. Cet objet est dissimulé : on fait comme les enfants, on commence par être " dans l'eau ", on " brûle ". Il y a un grand mystère dans le fait que l'on *trouve*. Rien n'est comparable au fait d'aimer. L'idée d'amour est faible et ses représentations entraînent à des erreurs. Aimer, c'est être sûr de soi. Je ne puis accepter que l'amour ne soit pas réciproque et, donc, que deux êtres qui s'aiment puissent penser contradictoirement sur un sujet aussi grave que l'amour. Je ne désire pas être libre, ce qui ne comporte aucun sacrifice de ma part. L'amour tel que je le conçois n'a pas de barrière à franchir ni de cause à trahir.

« III. Si j'arrivais à calculer, je serais trop inquiète pour oser prétendre que j'aime.

« IV. Je vis. Je crois à la victoire de l'amour admirable. »

Suzanne Muzard

Aucune réponse différente de celle-ci ne pourrait être tenue pour la mienne.

A. B.

4. DIALOGUE SURRÉALISTE / DIALOGUE ÉROTIQUE

La Révolution surréaliste consacre, en mars 1928, deux pages au jeu (surréaliste) du dialogue. La

règle en est que celui qui répond (ici Suzanne Musard) ignore la question posée (ici par Breton)...

S. M. et André Breton.
B. : Qu'est-ce que le baiser ?
S. : Une divagation, tout chavire.

« Le dialogue en 1928 », *RS*, n° 11, 15 mars 1928, p. 7-8.

S. — Qu'est-ce que le jour ?
B. — Une femme qui se baigne nue à la tombée de la nuit.

B. — Qu'est-ce que la liberté ?
S. — Une multitude de petits points multicolores dans les paupières.

S. — Qu'est-ce que l'exaltation ?
B. — C'est une tache d'huile dans un ruisseau.

S. — Qu'est-ce que les yeux ?
B. — Le veilleur de nuit dans une usine de parfums.

S. — Qu'est-ce que la lune ?
B. — C'est un vitrier merveilleux.

B. — Qu'est-ce qui plane au-dessus de S. et de moi ?
S. — De grands nuages noirs et menaçants.

B. — Qu'est-ce qu'un lit ?
S. — Un éventail vite déplié. Le bruit d'une aile d'oiseau.

B. — Qu'est-ce que le suicide ?
S. — Plusieurs sonneries assourdissantes.

B. — Qu'est-ce que l'absence ?
S. — Une eau calme, limpide, un miroir mouvant.

IV. ALENTOURS ET AJOURS

Sous ce double titre — dont les termes sont empruntés respectivement à M. Bonnet dans son édition des _Œuvres complètes_ et à Breton (cf. _Arcane 17 enté d'Ajours,_ 1947) — sont rassemblés des textes qui, antérieurs, parallèles ou postérieurs à _Nadja,_ en amorcent, modulent ou prolongent les thèmes et les problématiques.

A. « QUI SUIS-JE ? » (p. 9)

PSTT

Neuilly 1-18
    Breton, vacherie modèle, r. de l'Ouest, 12, Neuilly.

Nord 13-40
    Breton (E.), mon. funèbr., av. Cimetière Parisien, 23, Pantin.

Passy 44-15
    Breton (Eug.), vins, restaur., tabacs, r. de la Pompe, 176.

Roquette 07-90
    Breton (François), vétérinaire, r. Trousseau, 21 (IIe).

Central 64-99
    Breton frères, mécaniciens, r. de Belleville, 262 (20e).

Bergère 43-61
    Breton et fils, r. Rougemont, 12 (9e).

Archives 32-58
    Breton (G.), fournit. Cycles, autos, r. des Archives, 78 (3e).

Central 30-08
    Breton (Georges), r. du Marché-Saint-Honoré, 4 (Ier).

A. Breton, « PSTT » (1920), _Clair de terre_, Gallimard, Poésie, 1966, p. 39-40.

Wagram 60-84
Breton (M. et Mme G.), bd Malesherbes, 58 (8e).

Gutenberg 03-78
Breton (H.), dentelles, r. de Richelieu, 60 (2e).

Passy 80-70
Breton (Henri), négociant, r. Octave-Feuillet, 22 (16e).

Gobelins 08-09
Breton (J.), Élix. Combier, ag. Gén., butte du Rhône, 21-23.

Roquette 32-59
Breton (J.-L.), député, s.-secr. État inv., bd Soult, 81 bis.

Archives 39-43
Breton (L.), hôtel-bar, r. François-Miron, 38 (4e).

Marcadet 04-11
Breton (Noël), hôtel-rest., bd National, 56, Clichy.

Roquette 02-25
Breton (Paul), décolleteur, r. Saint-Maur, 21 (11e).

Central 84-08
Breton (Th.), contentieux, r. du fg Montmartre, 13 (9e).

Saxe 57-86
Breton (J.), biscuits, r. La Quintinie, 16-18 (15e).

Archives 35-44
Breton (J.) et Cie, papiers en gros, r. Saint-Martin, 245 (3e).

Roquette 09-76
Breton et Cie (Soc. an.), charbons gros, q. La Rapée, 60 (12e).

Breton (André)

B. « LES MOTS BOIS-CHARBONS... » (p. 29)

En 1919, A. Breton et P. Soupault expérimentent l'écriture automatique. De façon systématique, scientifique en quelque sorte : un véritable *proto-cole* expérimental est mis au point, la variation de « la vitesse de la plume » permettant d'obtenir « des *étincelles* différentes[1] ». Ils découvrent les pouvoirs et les prestiges d'un langage enfin libéré, pensent-ils, de toute contrainte. Langage « sans réserve[2] » qui, ouvrant toutes grandes les écluses de l'inconscient, met à jour un « filon précieux », invente « une nouvelle voie pour la poésie[3] ». Les « deux amis », les deux « Pagures[4] » écrivent — simultanément, parallèlement — le « premier ouvrage purement sur-réaliste[5] » : *Les champs magnétiques*. Ce « livre par quoi tout commence[6] » est un livre jubilatoire. De son propre aveu, Soupault, à l'écrire, s'est senti « merveilleusement *délivré*[7] ». Breton, relisant le texte après dix ans, relève comme celles qui, au moment même de l'écriture, ont eu « le meilleur de [leur] agrément », « les propositions [...] qui ont eu le pou-voir de [les] faire rire [...] d'un rire offensif, nouveau, absolument sauvage ». Mais c'est aussi un « livre dangereux ». L'automatisme fait surgir des « êtres

1. Annotations inscrites par Breton en 1930 dans les marges d'un exemplaire des *Champs magnétiques*, repro-duites in *Change* n° 7, Seuil, 1970, p. 9-29.

2. *M*, p. 45. Sur l'invention de l'automatisme, cf. aussi p. 31-35.

3. P. Soupault, *Mémoires de l'oubli*, I, p. 76.

4. *Les Champs magnétiques*, p. 90-93. Sur le rôle spéci-fique de chacun des deux scripteurs, cf. P. Mourier-Casile, « Vous avez dit Pagure ? », in P. Soupault, *Europe*, mai 1993.

5. *M*, p. 47.

6. L. Aragon, « L'Homme coupé en deux », *Les Lettres françaises*, 9-15 mai 1968.

7. P. Soupault, *op. cit.*, p. 77.

menaçants » et des « conjonctures troublantes[1] ».
Désenchaînant la horde des mots et des désirs, il
laisse le champ libre aux pulsions mortifères de
l'inconscient. La dernière section des *Champs
magnétiques*, celle précisément qu'évoque *Nadja*,
ne s'intitule pas pour rien « La fin de tout »...

La Fin de Tout

A. Breton, *Les
champs magné-
tiques*, Gallimard,
p. 121.

ANDRÉ BRETON & PHILIPPE SOUPAULT

BOIS & CHARBONS

Breton commente ainsi ce texte énigmatique[2] :

Le mystère surréaliste peut-être. Le grand appel
final au décalement le plus complet, c'était cela,
du moins, alors. Les auteurs songeaient, du
moins tous deux feignaient de songer, à disparaître sans laisser de traces. « Bois et Charbons »,
l'anonymat d'une de ces petites boutiques
pauvres, par exemple. *Les champs magnétiques*
ont été écrits en huit jours. On n'en pouvait malgré tout, plus. Et les hallucinations guettaient*. Je
ne crois pas exagérer en disant que rien ne pouvait plus durer. Quelques chapitres de plus, écrits
à une vitesse''''' (beaucoup plus grande que v'')
et sans doute ne serais-je pas maintenant à me
pencher sur cet exemplaire.

In *Change*, n° 7,
Seuil, 1970.

* Cf. *Nadja*.

1. *Change, op. cit.*
2. Dans ces notes, Breton définit la vitesse v comme « la
plus grande possible ». Elle entraîne l'« éclipse du sujet »,
sujet de l'énoncé mais aussi sujet de l'énonciation.

C. « UN MONDE COMME DÉFENDU » (p. 19)

En 1933, Breton et Eluard, dans le cadre de la réflexion surréaliste sur les manifestations du hasard (« coïncidences pétrifiantes », trouvaille d'un objet, rencontre d'un être), décident de lancer une « Enquête sur la rencontre » : « Pouvez-vous dire quelle a été la rencontre capitale de votre vie ? Jusqu'à quel point cette rencontre vous a-t-elle donné, vous donne-t-elle l'impression du fortuit ? du nécessaire ? »

L'« insuffisance manifeste » de la plupart des réponses obtenues, leur caractère « réticent ou oscillatoire », le « malaise » qui s'y manifeste, amènent Breton à préciser la conception surréaliste du hasard, défini comme « hasard objectif » :

Cette inquiétude traduit, en effet, selon toutes probabilités, le trouble actuel, paroxystique, de la pensée logique amenée à s'expliquer sur le fait que l'ordre, la fin, etc., dans la nature ne se confondant pas objectivement avec ce qu'ils sont dans l'esprit de l'homme, il arrive cependant que la nécessité naturelle tombe d'accord avec la nécessité humaine d'une manière assez extraordinaire et agitante pour que les deux déterminations s'avèrent indiscernables. Le hasard ayant été défini comme « la rencontre d'une causalité externe et d'une finalité interne », il s'agit de savoir si une certaine espèce de « rencontre » — ici la rencontre capitale, c'est-à-dire par définition la rencontre subjectivée à l'extrême — peut être envisagée sous l'angle du hasard sans que cela entraîne immédiatement de pétition de principe.

[...]

Il s'agissait pour nous de savoir si une rencontre, choisie dans le souvenir entre toutes et dont, par suite, les circonstances prennent, à la

A. Breton, *Minotaure*, n° 3-4, 14 décembre 1933, repris in *L'amour fou*, Folio, p. 28-29 et p. 31-32.

lumière affective, un relief particulier, avait été, pour qui voudrait bien la relater, placée originellement sous le signe du spontané, de l'indéterminé, de l'imprévisible ou même de l'invraisemblable, et, si c'était le cas, de quelle manière s'était opérée par la suite la réduction de ces données. Nous comptions sur toutes observations, même distraites, même apparemment irrationnelles, qui eussent pu être faites sur le concours de circonstances qui a présidé à une telle rencontre pour faire ressortir que ce concours n'est nullement inextricable et mettre en évidence les liens de dépendance qui unissent les deux séries causales (naturelle et humaine), liens subtils, fugitifs, inquiétants dans l'état actuel de la connaissance, mais qui, sur les pas les plus incertains de l'homme, font parfois surgir de vives lueurs.

D. « DEVANT LA VITRINE DE LA LIBRAIRIE DE *L'HUMANITÉ* » (p. 71)

1. LÉGITIME DÉFENSE

Notre situation dans le monde moderne est cependant telle que notre adhésion à un programme comme le programme communiste, adhésion de principe enthousiaste bien qu'il s'agisse évidemment à nos yeux d'un programme minimum*, n'a pas été accueillie sans les plus grandes réserves et que tout se passe comme si, en fin de compte, elle avait été jugée irrecevable. Purs que nous étions de toute intention critique à l'égard du Parti français (le contraire, étant donné notre foi révolutionnaire, eût été peu conforme à nos méthodes de pensée), nous en appelons aujourd'hui d'une sentence aussi injuste. Je dis que depuis plus d'un an nous sommes en butte de ce côté à une hos-

A. Breton, « Légitime défense » (1926), *Point du jour*, Folio Essais, p. 33-34.

tilité sourde qui n'a perdu aucune occasion de se manifester. Réflexion faite, je ne sais pourquoi je m'abstiendrais plus longtemps de dire que *L'Humanité*, puérile, déclamatoire, inutilement *crétinisante*, est un journal illisible, tout à fait indigne du rôle d'éducation prolétarienne qu'il prétend assumer. Derrière ces articles vite lus, serrant l'actualité de si près qu'il n'y a rien à voir au loin, donnant à tue-tête dans le particulier, présentant les admirables difficultés russes comme de folles facilités, décourageant toute autre activité extrapolitique que le sport, glorifiant le travail non choisi ou accablant les prisonniers de droit commun, il est impossible de ne pas apercevoir chez ceux qui les ont commis une lassitude extrême, une secrète résignation à ce qui est, avec le souci d'entretenir le lecteur dans une illusion plus ou moins généreuse, à aussi peu de frais qu'il est possible. Qu'on comprenne bien que j'en parle techniquement, du seul point de vue de l'efficacité générale d'un texte ou d'un ensemble de textes quelconque. Rien ne me paraît concourir ici à l'effet désirable, ni en surface, ni en profondeur.

* Je m'explique. Nous n'avons l'impertinence d'opposer aucun programme au programme communiste. Tel quel, il est le seul qui nous paraisse s'inspirer valablement des circonstances, avoir une fois pour toutes réglé son objet sur la chance totale qu'il a de l'atteindre, présenter dans son développement théorique comme dans son exécution tous les caractères de la fatalité. Au-delà, nous ne trouvons qu'empirisme et rêverie. Et cependant il est en nous des lacunes que tout l'espoir que nous mettons dans le triomphe du communisme ne comble pas : l'homme n'est-il pas irréductiblement un ennemi pour l'homme, l'ennui ne finirat-il pas qu'avec le monde, toute assurance sur la vie et sur l'honneur n'est-elle pas vaine, etc. ? Comment éviter que ces questions se posent, créent des dispositions particulières dont il est difficile de ne pas faire état ? Dispositions entraînantes, auxquelles la considération des facteurs économiques, chez des hommes non spécialisés, et par nature peu spécialisables, ne suffit pas toujours à donner le change. S'il faut à tout prix obtenir notre renoncement, notre désistement sur ce point, qu'on l'obtienne. Sinon, nous continuerons malgré nous à faire des réserves sur l'abandon complet à une foi qui présuppose comme une autre un certain état de grâce.

2. LA RÉVOLUTION ET L'AMOUR

Aimer ou ne pas aimer, voilà la question — la question à laquelle un révolutionnaire devrait pouvoir répondre sans ambages. Et qu'il soit entendu que nous sommes résolus à ne pas prendre garde aux mouvements grotesques qu'une telle déclaration ne peut manquer d'entraîner, de la part des débris humains de toutes sortes. Il n'a pas encore été démontré, je m'en tiens là, que l'homme socialement parvenu au plus haut degré de conscience (il s'agit du révolutionnaire) soit l'homme le mieux défendu contre le danger d'un regard de femme, de ce regard qui, s'il se détourne, fait dans la pensée la nuit, et, s'il ne se détourne pas, au contraire, cependant dans cette même pensée ne fait pas tout à fait le jour. Après tout, cet homme n'a pas prononcé de vœu aux termes duquel il eût eu à ne plus se connaître comme homme. Ce besoin qu'il arrive que vous ayez de la présence d'un être à l'exclusion de tous les autres constitue-t-il une tare, sur laquelle ceux qui n'éprouvent pas

Article d'A. Breton sur le suicide du poète russe Maïa-kovski. Le titre, en russe dans le texte, est une citation de Maïakovski : « La barque de l'amour s'est brisée contre la vie courante » (juillet 1930), *Point du jour*, Folio Essais, p. 72-74 et p. 81-82.

ce besoin ont droit, encore une fois du point de vue révolutionnaire, de vous juger ?

Nous persistons, ici, à vouloir déduire le devoir révolutionnaire du devoir humain le plus général, du devoir humain tel qu'à la place que nous occupons il nous est donné de le concevoir. Et nous pensons qu'il y aurait la plus vaine supercherie de notre part à laisser croire que nous pouvons procéder inversement. Trotski écrit un peu sommairement il est vrai pour une catégorie de lecteurs que voici très suffisamment renseignés — : « Maïakovski est venu à la révolution par le plus court chemin, celui de la bohème révoltée. » De la bohème ? on voudrait lui demander compte de ce mot. Je pense que la poésie tout entière est en jeu. Une inappétence réelle de bonheur, tout au moins durable, une impossibilité foncière de pactiser avec la vie, à la stupidité, à la méchanceté de laquelle l'homme ne remédiera jamais que dans une faible mesure — ce que j'en dis n'est pas pour réduire moralement la portée de l'action sociale, seule efficace, mais, en deçà comme au-delà, que faire contre la boue, j'en parle au sens physique, contre la dispersion extérieure et intérieure, contre l'usure, contre la lenteur, contre la maladie ? —, une certaine insouciance du lendemain, fatale de la part de ceux qui sont condamnés, quoi qu'il arrive, à payer en émotions tout beaucoup trop cher, s'il faut voir là les grands traits distinctifs des poètes, j'ai peine à croire que c'est avec des mots comme « bohème » et des allusions conventionnelles aux cafés littéraires, voire à la fumée des pipes (?), qu'on parviendra à rendre Maïakovski — ou, toute proportion gardée, Rimbaud — suspect d'individualisme conservateur.

[...]

Plus que jamais, Maïakovski mort, nous refusons d'enregistrer l'affaiblissement de la position spirituelle et morale qu'il avait prise. Nous nions, et ceci encore pour longtemps, la possibilité d'existence d'une poésie ou d'un art susceptible de s'accommoder de la simplification outrancière à la Barbusse — des façons de penser et de sentir. Nous en sommes encore à demander qu'on nous montre une œuvre d'art « prolétarienne ». La vie enthousiasmante du prolétariat en lutte, la vie stupéfiante et brisante de l'esprit livré aux bêtes de lui-même, de notre part il serait par trop vain de ne vouloir faire qu'un de ces deux drames distincts. Qu'on n'attende de nous, dans ce domaine, aucune concession.

3. TRANSFORMER LE MONDE ET, PARALLÈLEMENT, L'INTERPRÉTER

Ainsi parvenons-nous à concevoir une attitude synthétique dans laquelle se trouvent conciliés le besoin de transformer radicalement le monde et celui de l'interpréter le plus complètement possible. Cette attitude, nous sommes quelques-uns à nous y tenir depuis plusieurs années et nous persistons à croire qu'elle est pleinement légitime. Nous n'avons pas désespéré, en dépit des attaques multiples qu'elle nous vaut, de faire comprendre qu'elle n'est aucunement opposable à celle des révolutionnaires professionnels, à laquelle, cela serait-il par impossible en notre pouvoir, nous nous en voudrions de faire subir la moindre dérivation. Notre ambition est, au contraire, d'unir, au moyen d'un nœud indestructible, d'un nœud dont nous aurons passionnément cherché le secret pour qu'il soit vraiment indestructible, cette activité de transformation à cette activité d'interprétation. Non, nous ne sommes pas doubles, ce n'est pas vrai, non, il n'y a pas de bigamie grotesque dans notre cas. Nous vou-

A. Breton, *Les vases communicants* (1932), Gallimard Idées, p. 148-149 et p. 152.

lons que ce nœud soit fait, et qu'il donne envie de le défaire, et qu'on n'y parvienne pas.

[...]

Il est inadmissible que dans la société nouvelle la vie privée, avec ses chances et ses déceptions, demeure la grande distributrice comme aussi la grande privatrice des énergies. Le seul moyen de l'éviter est de préparer à l'existence subjective une revanche éclatante sur le terrain de la connaissance, de la conscience sans faiblesse et sans honte. Toute erreur dans l'interprétation de l'homme entraîne une erreur dans l'interprétation de l'univers : elle est, par suite, un obstacle à sa transformation. Or, il faut le dire, c'est tout un monde de préjugés inavouables qui gravite auprès de l'autre, de celui qui n'est justiciable que du fer rouge, dès qu'on observe à un fort grossissement une minute de souffrance. Il est fait des bulles troubles, déformantes qui se lèvent à toute heure du fond marécageux de l'*inconscient* de l'individu. La transformation sociale ne sera vraiment effective et complète que le jour où l'on en aura fini avec ces germes corrupteurs. On n'en finira avec eux qu'en acceptant, pour pouvoir l'intégrer à celle de l'être collectif, de réhabiliter l'étude du moi.

E. « QUI EST LA VRAIE NADJA ? » (p. 133)

1. « C'EST UNE MAGICIENNE »

Il semble que vous prêtiez, au moins dans l'état actuel des connaissances, une sorte de vertu magique à la rencontre. Est-ce qu'un ouvrage comme *Nadja* ne constitue pas, à cet égard, la meilleure illustration de votre pensée ?

A. Breton, *Entretiens* (1952), Gallimard, 1969, p. 137-138.

Une sorte de vertu magique, oui, d'autant que

pour moi le plus haut période que pouvait atteindre cette idée de rencontre et la chance de son accomplissement suprême résidaient, naturellement, dans l'amour. Il n'était même pas de révélation sur un autre plan qui pût tenir à côté de lui. Peut-être était-ce lui et lui seul, parfois sous un déguisement, qui était l'objet de cette quête dont je parlais. Il me semble, en effet, qu'un ouvrage comme *Nadja* est pour l'établir clairement. L'héroïne de ce livre dispose de tous les moyens voulus, on peut vraiment dire qu'elle est faite pour centrer sur elle tout l'appétit de merveilleux. Et pourtant, toutes les séductions qu'elle exerce sur moi restent d'ordre intellectuel, ne se résolvent pas en amour. C'est une magicienne, dont tous les prestiges jetés dans la balance pèseront peu en regard de l'amour pur et simple qu'une femme comme celle qu'on voit passer à la fin du livre peut m'inspirer. Il se peut, d'ailleurs, que les prestiges dont s'entoure Nadja constituent la revanche de l'esprit sur la défaite du cœur. On a assisté à quelque chose d'analogue dans le cas du fameux médium Hélène Smith, dont les merveilleuses pérégrinations de planète en planète, consignées dans *Des Indes à la planète Mars* et dans *Nouvelles observations sur un cas de somnambulisme*, semblent avoir pour objet de concentrer sur elle seule, coûte que coûte, l'attention de Théodore Flournoy, qui l'observait et dont elle n'avait pu se faire aimer.

2. « SOUS LES TRAITS DE MÉLUSINE » (p. 149)

Mélusine après le cri, Mélusine au-dessous du buste, je vois miroiter ses écailles dans le ciel d'automne. Sa torsade éblouissante enserre maintenant par trois fois une colline boisée qui ondule par vagues selon une partition dont tous les accords se règlent et se répercutent sur ceux

A. Breton, *Arcane 17* (1945), J.-J. Pauvert, 1989, p. 63-64 et p. 70-71.

de la capucine en fleurs. Des coupes auraient été pratiquées pour livrer ces pentes au ski, c'est du moins tout ce que veut retenir l'interprétation profane mais il faudrait admettre alors que bien avant la neige leurs courbes se lustrent du plus beau givre, le givre bleu qui, lorsqu'on prend soin d'errer en évitant tous les chemins battus ou même ébauchés — et ce doit être la seule règle de l'art — vient imposer, tout en brillants, ses palmes de désespoir du peintre aux fenêtres mentales. Mélusine, c'est bien sa queue merveilleuse, dramatique se perdant entre les sapins dans le petit lac qui par là prend la couleur et l'effilé d'un sabre. Oui, c'est toujours la femme perdue, celle qui chante dans l'imagination de l'homme mais au bout de quelles épreuves pour elle, pour lui, ce doit être aussi la femme retrouvée.

[...]

Mélusine non plus sous le poids de la fatalité déchaînée sur elle par l'homme seul, Mélusine délivrée, Mélusine avant le cri qui doit annoncer son retour, parce que ce cri ne pourrait s'entendre s'il n'était réversible, comme la pierre de l'Apocalypse et comme toutes choses. Le premier cri de Mélusine, ce fut un bouquet de fougère commençant à se tordre dans une haute cheminée, ce fut la plus frêle jonque rompant son amarre dans la nuit, ce fut en un éclair le glaive chauffé à blanc devant les yeux de tous les oiseaux des bois. Le second cri de Mélusine, ce doit être la descente d'escarpolette dans un jardin où il n'y a pas d'escarpolette, ce doit être l'ébat des jeunes caribous dans la clairière, ce doit être le rêve de l'enfantement sans la douleur.

Mélusine à l'instant du second cri : elle a jailli de ses hanches sans globe, son ventre est toute la moisson d'août, son torse s'élance en feu d'artifice de sa taille cambrée, moulée sur deux ailes d'hirondelle, ses seins sont des hermines prises dans leur propre cri, aveuglantes à force de s'éclairer du charbon ardent de leur bouche hurlante. Et ses bras sont l'âme des ruisseaux qui chantent et parfument. Et sous l'écroulement de ses cheveux dédorés se composent à jamais tous les traits distinctifs de la femme-enfant, de cette variété si particulière qui a toujours subjugué les poètes *parce que le temps sur elle n'a pas de prise*.

3. « UNE COURTE SCÈNE DIALOGUÉE » (p. 92)

La scène représente un système à pédales tel que le mouvement ascendant-descendant soit combiné avec un mouvement latéral droite-gauche, un personnage correspondant au départ à chaque nœud-point mort de l'appareil (deux hommes dans le système vertical, deux femmes dans le système horizontal).

A. Breton, *Poisson soluble* (1924), in *Œuvres complètes*, Gallimard, « Pléiade », 1988, p. 390-392.

Personnages : LUCIE, HÉLÈNE, MARC, SATAN. *Rideaux noirs, les deux femmes habillées de blanc, Marc en habit noir, Satan couleur de feu.*

Le tout se passe dans un cube parfait de couleur crème de manière à suggérer au premier abord l'idée d'un gyroscope géant dans sa boîte, cette dernière reposant par un de ses sommets sur le bord d'un verre à pied, et animée autour de son point d'application d'un mouvement giratoire. À l'intérieur du pied un soldat présentant les armes.

HÉLÈNE : La fenêtre est ouverte. Les fleurs embaument. Le champagne du jour dont la coupe pétille à mon oreille me fait tourner la tête. La cruauté du jour moule mes formes parfaites.
SATAN : Voyez-vous, par-dessus ces Messieurs et ces Dames, l'Île Saint-Louis ? C'est là que se trouvait la petite chambre du poète.

HÉLÈNE : Vraiment ?

SATAN : Il recevait tous les jours la visite des cascades, la cascade pourpre qui aurait bien voulu dormir et la cascade blanche qui arrivait par le toit comme une somnambule.

LUCIE : La cascade blanche, c'était moi.

MARC : Je te reconnais dans la vigueur des plaisirs d'ici, bien que tu ne sois que la dentelle de toi-même. Tu es l'inutilité finale, la lavandière des poissons.

HÉLÈNE : Elle est la lavandière des poissons.

SATAN : Maintenant l'otage des saisons qui s'appelle l'homme s'appuie sur la table de jonc, sur la table de jeu. C'est le coupable aux mains gantées.

HÉLÈNE : Permettez, Seigneur, les mains étaient belles. Si le miroir avait pu parler, si les baisers s'étaient tus...

LUCIE : Les roches sont dans la salle, les belles roches dans lesquelles l'eau dort, sous lesquelles les hommes et les femmes se couchent. Les roches sont d'une hauteur immense : les aigles blancs y laissent des plumes et dans chaque plume il y a une forêt.

MARC : Où suis-je ? Les mondes, le possible ! Comme les locomotives allaient vite : un jour le faux, un jour le vrai !

SATAN : Cela valait-il la peine d'en sortir, la peine de perdre pied à courir après les cadavres en crachant des folgores porte-lanterne ? Le poète était pauvre et lent dans sa demeure, le poète n'avait même pas droit au punch qu'il aimait beaucoup. La cascade pourpre charriait des revolvers dont les crosses étaient faites de petits oiseaux.

LUCIE : Je me fais une raison de la détente perpétuelle, Seigneur, Marc était blond comme le gypse.

Silence.

Mes amis il est temps de descendre ; ceci n'était qu'une séance de voltige et là-bas j'aperçois, derrière la cinquième rangée de spectateurs, une femme très pâle qui s'adonne à la prostitution. L'étrange est que cette créature a des ailes.

4. « UN AUTRE ÉPISODE DE *POISSON SOLUBLE* » (p. 93)

« Un baiser est si vite oublié » j'écoutais passer ce refrain dans les grandes promenades de ma tête, dans la province de ma tête et je ne savais plus rien de ma vie, qui se déroulait sur sa piste blonde. Vouloir entendre plus loin que soi, plus loin que cette roue dont un rayon, à l'avant de moi, effleure à peine les ornières, quelle folie. J'avais passé la nuit en compagnie d'une femme frêle et avertie, tapi dans les hautes herbes d'une place publique, du côté du Pont-Neuf. Une heure durant nous avions ri des serments qu'échangeaient par surprise les tardifs promeneurs qui venaient tour à tour s'asseoir sur le banc le plus proche. Nous étendions la main vers les capucines coulant d'un balcon de City-Hôtel, avec l'intention d'abolir dans l'air tout ce qui sonne en trébuchant comme les monnaies anciennes qui exceptionnellement avaient cours cette nuit-là. Mon amie parlait par aphorismes tels que : « Qui souvent me baise mieux s'oublie » mais il n'était question que d'une partie de paradis et, tandis que nous rejetions autour de nous des drapeaux qui allaient se poser aux fenêtres, nous abdiquions peu à peu toute insouciance, de sorte qu'au matin il ne resta de nous que cette chanson qui lapait un peu d'eau de la nuit au centre de la place : « Un baiser est si vite oublié. » Les laitiers conduisaient avec fracas leurs voitures aurifères au lieu des fuites éter-

Ibid., p. 380-381.

nelles. Nous nous étions séparés en criant de toute la force de notre cœur. J'étais seul et, le long de la Seine, je découvrais des bancs d'oiseaux, des bancs de poissons, je m'enfonçais avec précaution dans les buissons d'orties d'un village blanc. Ce village était encombré de ces bobines de télégraphe qu'on voit suspendues à égale distance, de part et d'autre des poteaux de grandes routes. Il avait l'aspect d'une de ces pages de romance que l'on achète pour quelques sous dans les rassemblements suburbains. « Un baiser est si vite oublié. » Sur la couverture du village, tournée vers la terre, et qui était tout ce qui restait de la campagne, on distinguait mal une sorte de lorette sautant à la corde à l'orée d'un bois de laurier gris.

F. « L'IMPRESSION D'Y AVOIR PARTICIPÉ VRAIMENT » (p. 92)

1. LA NUIT DU TOURNESOL

Ce qui n'avait été, dans *Nadja*, qu'une brève lueur à peine entr'aperçue, une de ces prémonitions dont Nadja s'était révélée inapte à dissiper les énigmes, s'impose, dans *L'amour fou*, sous le signe lumineux de « l'ordonnatrice de la nuit du Tournesol », comme une évidence irréfutable : l'écriture est tout entière réversible à la vie.

Après une longue promenade nocturne dans le quartier des Halles avec une jeune femme (« l'Ondine ») qu'il vient de rencontrer, Breton est comme hanté par de « vagues tronçons d'un poème paru jadis sous [sa] signature qui essayaient de se rejoindre sans résultats ». Ce poème, depuis longtemps oublié, il finit par le reconnaître :

Il s'agissait, en l'espèce, d'un poème *automatique* : tout de premier jet ou si peu s'en fallait qu'il pouvait passer pour tel en 1923, quand je lui donnai place dans *Clair de terre*. Pour tout critiqué et peut-être obscurément renié qu'il eût été par la suite, je ne vois guère pourtant le moyen de parler des citations involontaires, haletantes, que je m'en faisais tout à coup, autrement que de ces phrases du présommeil dont j'ai été amené à dire en 1924, dans le *Manifeste du surréalisme*, qu'elles « cognaient à la vitre ».

[...]

Ce poème s'est toujours présenté à moi comme *réellement inspiré* en ce qui regarde l'action très suivie qu'il comporte, mais cette inspiration, sauf dans le dernier tiers de « Tournesol » ne m'a jamais paru être allée sans quelque avanie dans la trouvaille des mots. Sous le rapport de l'expression, un tel texte offre à mes yeux, à mon oreille, des faiblesses, des lacunes. Mais que dire de mon effort ultérieur pour y remédier ? Je me convaincs sans peine aujourd'hui de son profond insuccès.

TOURNESOL

À Pierre Reverdy

La voyageuse qui traversa les Halles à la
  tombée de l'été
Marchait sur la pointe des pieds
Le désespoir roulait au ciel ses grands arums
  si beaux
Et dans le sac à main il y avait mon rêve ce
  flacon de sels
Que seule a respirés la marraine de Dieu
Les torpeurs se déployaient comme la buée
Au Chien qui fume
Où venaient d'entrer le pour et le contre
La jeune femme ne pouvait être vue d'eux
  que mal et de biais
Avais-je affaire à l'ambassadrice du salpêtre

A. Breton, « Tournesol » (1923), in *Clair de terre*, Folio, p. 84-85. Repris in *L'amour fou*, p. 80-81.

Ou de la courbe blanche sur fond noir que
    nous appelons pensée
Le bal des innocents battait son plein
Les lampions prenaient feu lentement dans
    les marronniers
La dame sans ombre s'agenouilla sur
    le Pont-au-Change
Rue Gît-le-Cœur les timbres n'étaient plus les
    mêmes
Les promesses des nuits étaient enfin tenues
Les pigeons voyageurs les baisers de secours
Se joignaient aux seins de la belle inconnue
Dardés sous le crêpe des significations par-
    faites
Une ferme prospérait en plein Paris
Et ses fenêtres donnaient sur la voie lactée
Mais personne ne l'habitait encore à cause
    des survenants
Des survenants qu'on sait plus dévoués que
    les revenants
Les uns comme cette femme ont l'air de
    nager
Et dans l'amour il entre un peu de leur
    substance
Elle les intériorise
Je ne suis le jouet d'aucune puissance
    sensorielle
Et pourtant le grillon qui chantait dans les
    cheveux de cendre
Un soir près de la statue d'Étienne Marcel
M'a jeté un coup d'œil d'intelligence
André Breton a-t-il dit passe

**À la lumière des événements récents, l'opacité du
poème s'éclaire.**

Ces menues réserves faites, je crois possible de
confronter l'aventure purement imaginaire qui a
pour cadre le poème ci-dessus et l'accomplisse-

L'amour fou, Folio,
p. 83.

ment tardif, mais combien impressionnant par sa rigueur, de cette aventure sur le plan de la vie. Il va sans dire, en effet, qu'en écrivant le poème « Tournesol » je n'étais soutenu par aucune représentation antérieure qui m'expliquât la direction très particulière que j'y suivais. Non seulement « la voyageuse », « la jeune femme », « la dame sans ombre » demeurait alors pour moi une créature sans visage, mais j'étais, par rapport au dévidement circonstanciel du poème, privé de toute base d'orientation. Nécessairement, l'injonction finale, très mystérieuse, n'en prenait à mes yeux que plus de poids et c'est sans doute à elle, comme un peu aussi au caractère minutieux du récit de quelque chose *qui ne s'est pourtant pas passé*, que le poème, par moi tenu longtemps pour très peu satisfaisant, doit de n'avoir pas été, comme d'autres, aussitôt détruit.

Breton entreprend alors de comparer terme à terme le texte écrit en « mai ou juin 1923 » (p. 81) et l'aventure vécue « le 29 mai 1934 » (p. 63), découvrant que l'apparent arbitraire de l'un prend soudain sens au contact de l'autre. À laquelle, anachroniquement, prémonitoirement, il donne sens.

2. « UN DES PIRES TERRAINS VAGUES
QUI SOIENT À PARIS » (p. 93)

L'étrange fascination — attirance et répulsion mêlées — exercée sur Breton par la place Dauphine, fascination dont rendaient compte en leur temps, sans l'expliquer, *Poisson soluble* et *Nadja*, prendra pour lui tardivement tout son sens :

[...] j'ai pu dire autrefois que la place Dauphine « est bien un des lieux les plus profondément

A. Breton, « Pont-Neuf » (1950), in *La Clé des champs*, Sagittaire, 1953, p. 232-233.

retirés que je connaisse, un des pires terrains vagues qui soient à Paris. Chaque fois que je m'y suis trouvé — ajoutais-je — j'ai senti m'abandonner peu à peu l'envie d'aller ailleurs, il m'a fallu argumenter avec moi-même pour me dégager d'une étreinte très douce, trop agréablement insistante et, à tout prendre, brisante ». Cette impression ne s'est éclairée pour moi, mais alors aux limites de l'éblouissement, que plus tard. Il me semble, aujourd'hui, difficile d'admettre que d'autres avant moi, s'aventurant sur la place Dauphine par le Pont-Neuf, n'aient pas été saisis à la gorge à l'aspect de sa conformation triangulaire d'ailleurs légèrement curviligne et de la fente qui la bissecte en deux espaces boisés. C'est, à ne pouvoir s'y méprendre, le sexe de Paris qui se dessine sous ces ombrages. Sa toison brûle encore, quelquefois l'an, du supplice des Templiers qui s'y consomma le 13 mars 1313 et dont certains veulent qu'il ait été pour beaucoup dans le destin révolutionnaire de la ville. Plus souvent un vent de distraction y souffle l'oubli de toutes choses et tout ce qui peut y trouver son compte est l'*éperdu*. La nuit tombée, des lanternes vénitiennes y éclairent a giorno, quoique à la dérobade, les mille et mille faiseurs de tours qui s'y donnèrent rendez-vous pendant des siècles. Serait-ce que leurs ombres virevoltantes contribuent à l'aspect étonnamment peu sûr en même temps que si *retenant* du lieu ? Je crois, au contraire, que c'est cet aspect qui les a réunis et fixés durablement là, ce qui n'est pas surprenant s'il est bien ce pour quoi je viens de le donner. Il va sans dire, enfin, que les couples qui s'égarent sur la place aux soirs d'été exaspèrent leur désir et deviennent le jouet d'un volcan.

À qui tendrait à refouler une telle représentation, quitte à se masquer le square du Vert-Galant et à ne pas vouloir reconnaître sur son cheval le roi qui a fourni le plan destiné à parfaire le triangle de la place, je ferai valoir encore que les considérations physiques qui étayent ma thèse se doubleraient, au besoin, d'arguments valant sur le plan « moral ». À cet égard il me paraît absolument significatif que la base du triangle, sur la rue de Harlay, coïncide avec le dos du Palais de Justice dont, pour que nul n'en ignore, le double escalier courbe est gardé par des lions de pierre. La proximité du lieu du châtiment — d'ailleurs encadrant la toute précieuse machine d'expiation qu'est la Sainte-Chapelle — fait encore mieux valoir le tabou qui s'attache à la place Dauphine et, pour tout ce qui touche à Paris, la désigne comme le lieu *sacré*.

G. « L'ABSENCE BIEN CONNUE DE FRONTIÈRE ENTRE LA NON-FOLIE ET LA FOLIE » (p. 171)

1. LA FOLIE ?

17 déc. 1920 — (11 heures du soir). Tout à l'heure en quittant le métro à Notre-Dame-des-Champs rencontré une femme vieille, à cheveux gris, le corps tout droit, la jupe longue et le corsage sombres, maculés de plâtre, beaucoup plus effrayante qu'une mendiante. Elle descend les marches d'une manière assez digne, un immense plateau de vannerie contenant un parapluie retourné sous le bras. La folie ? Notre-Dame-des-Champs ? Je m'arrête un instant. Quelques pas plus loin un homme de mise ordinaire est debout, il semble être descendu du dernier train, comme moi, et il fixe avec attention la plaque d'émail portant en grosses lettres le mot *Sortie*. Je rentre chez moi précipitamment. Je tremble.

A. Breton, *Carnet 1920-1921*, in *Œuvres complètes*, t. I, Gallimard « Pléiade », 1988, p. 614.

2. LE CINQUANTENAIRE DE L'HYSTÉRIE

Nous, surréalistes, tenons à célébrer ici le cinquantenaire de l'hystérie, la plus grande découverte poétique de la fin du XIXe siècle, et cela au moment même où le démembrement du concept de l'hystérie paraît chose consommée. Nous qui n'aimons rien tant que ces jeunes hystériques, dont le type parfait nous est fourni par l'observation relative à la délicieuse X. L. (Augustine) entrée à la Salpêtrière dans le service du Dr Charcot le 21 octobre 1875, à l'âge de 15 ans 1/2, comment serions-nous touchés par la laborieuse réfutation de troubles organiques, dont le procès ne sera jamais qu'aux yeux des seuls médecins celui de l'hystérie ? Quelle pitié ! M. Babinski, l'homme le plus intelligent qui se soit attaqué à cette question, osait publier en 1913 : « Quand une émotion est sincère, profonde, secoue l'âme humaine, il n'y a plus de place pour l'hystérie. » Et voilà encore ce qu'on nous a donné à apprendre de mieux. Freud, qui doit tant à Charcot, se souvient-il du temps où, au témoignage des survivants, les internes de la Salpêtrière confondaient leur devoir professionnel et leur goût de l'amour, où, à la nuit tombante, les malades les rejoignaient au-dehors ou les recevaient dans leur lit ? Ils énuméraient ensuite patiemment, pour les besoins de la cause médicale qui ne se défend pas, les attitudes passionnelles soi-disant pathologiques, qui leur étaient, et nous sont encore humainement, si précieuses. Après cinquante ans, l'école de Nancy est-elle morte ? S'il vit toujours, le docteur Luys a-t-il oublié ? Mais où sont les observations de Neri sur le tremblement de terre de Messine ? Où sont les zouaves torpillés par le Raymond Roussel de la science, Clovis Vincent ?

L. Aragon et A. Breton, *RS*, n° 11(1928), p. 20-22.

Aux diverses définitions de l'hystérie qui ont été données jusqu'à ce jour, de l'hystérie, divine dans l'Antiquité, infernale au Moyen Âge, des possédés de Loudun, aux flagellants de N.-D. des Pleurs (Vive Madame Chantelouve !), définitions mythiques, érotiques ou simplement lyriques, définitions sociales, définitions savantes, il est trop facile d'opposer cette « maladie complexe et protéiforme appelée hystérie qui échappe à toute définition » *(Bernheim)*. Les spectateurs du très beau film « La Sorcellerie à travers les âges » se rappellent certainement avoir trouvé sur l'écran ou dans la salle des enseignements plus vifs que ceux des livres d'Hippocrate, de Platon où l'utérus bondit comme une petite chèvre, de Galien qui immobilise la chèvre, de Fernel qui la remet en marche au XVIe siècle et la sent sous sa main remonter jusqu'à l'estomac ; ils ont vu grandir, grandir les cornes de la Bête jusqu'à devenir celles du diable. À son tour le diable fait défaut. Les hypothèses positivistes se partagent sa succession. La crise d'hystérie prend forme aux dépens de l'hystérie même, avec son aura superbe, ses quatre périodes dont la troisième nous retient à l'égal des tableaux vivants les plus expressifs et les plus purs, sa résolution toute simple dans la vie normale. L'hystérie classique en 1906 perd ses traits : « L'hystérie est un état pathologique se manifestant par des troubles qu'il est possible de reproduire par suggestion, chez certains sujets, avec une exactitude parfaite et qui sont susceptibles de disparaître sous l'influence de la persuasion (contre-suggestion) seule. » *(Babinski.)*

Nous ne voyons dans cette définition qu'un moment du devenir de l'hystérie. Le mouvement dialectique qui l'a fait naître suit son cours. Dix ans plus tard, sous le déguisement déplorable du pithiatisme, l'hystérie tend à reprendre ses droits. Le médecin s'étonne. Il veut nier ce qui ne lui appartient pas.

Nous proposons donc, en 1928, une définition nouvelle de l'hystérie :

L'hystérie est un état mental plus ou moins irréductible se caractérisant par la subversion des rapports qui s'établissent entre le sujet et le monde moral duquel il croit pratiquement relever, en dehors de tout système délirant. Cet état mental est fondé sur le besoin d'une séduction réciproque, qui explique les miracles hâtivement acceptés de la suggestion (ou contre-suggestion) médicale. L'hystérie n'est pas un phénomène pathologique et peut, à tous égards, être considérée comme un moyen suprême d'expression.

Louis Aragon, André Breton

3. L'ART DES FOUS

Chacun sait que les peuples primitifs ont honoré ou honorent encore l'expression des anomalies psychiques et que les peuples hautement civilisés de l'antiquité n'ont pas différé d'eux sur ce point, non plus que ne le font aujourd'hui les Arabes. Comme le note Réja, « les anciens, qui ne soupçonnaient même pas l'existence de maladies mentales, rapportaient l'origine des troubles psychiques à l'intervention divine, tout comme ils lui rapportaient l'intervention du génie... Au Moyen Âge, le délire n'est plus l'effet de la faveur, mais du châtiment de Dieu. Du moins continue-t-il à émaner de lui (par l'intermédiaire du diable) ». C'est cette dernière conception, avivée au possible par les procès et les exorcismes de « possédés » dont le souvenir reste très vif, qui s'est montrée durablement alarmante et est loin, aujourd'hui, d'être révisée.

A. Breton, « L'art des fous, la clé des champs » (1948), in *La Clé des champs* ; Sagittaire, 1953, p. 226-227.

Le rationalisme a fait le reste et ce n'est pas la première fois que nous voyons ces deux modes apparemment contradictoires de pensée s'unir, en fait, pour consacrer une iniquité flagrante. Le « sens commun », d'ailleurs fort mal assis, mais qui se prévaut insolemment des menues assurances qu'il procure dans le domaine de la vie pratique, tend à écarter par la violence et même à éliminer tout ce qui refuse de composer avec lui. Il est d'autant plus despotique que son pouvoir repose sur des bases plus chancelantes, plus vermoulues : à la moindre infraction il est prêt à sévir avec la dernière rigueur. Il se défie au possible de l'exceptionnel en tous genres et veille au bon entretien, par ses journalistes spécialement préposés, du fameux corridor (À bon entendeur...) qui fait communiquer le génie avec la folie et dans lequel on ne perd pas une occasion de nous assurer que les artistes peuvent s'engager fort loin sans être trop poussés.

[...]

Le public peut dormir sur ses deux oreilles : les verrous sont tirés non seulement sur les individus qui n'ont pas toujours su montrer patte blanche mais encore sur tout ce qu'ils font parfois d'admirable, qui pourrait les rappeler à lui. On se doute qu'avec de tels états de service, ce n'est pas la critique d'art d'aujourd'hui qui ira chercher son bien — et le nôtre — dans ces trophées de la vraie « chasse spirituelle » à travers les grands « égarements » de l'esprit humain.

Je ne craindrai pas d'avancer l'idée, paradoxale seulement à première vue, que l'art de ceux qu'on range aujourd'hui dans la catégorie des malades mentaux constitue un réservoir de santé morale. Il échappe en effet à tout ce qui tend à fausser le témoignage qui nous occupe et qui est de l'ordre des influences extérieures, des calculs, du succès ou des déceptions rencontrées sur le plan social, etc. Les mécanismes de la création artistique sont ici libérés de toute entrave. Par un bouleversant effet dialectique, la claustration, le renoncement à tous profits comme à toutes vanités, en dépit de ce qu'ils présentent individuellement de pathétique, sont ici les garants de l'authenticité totale qui fait défaut partout ailleurs et dont nous sommes de jour en jour plus altérés.

4. LE THÈME DU ROI FOU

Tout ce qui vient à souhait est à double face et
    fallacieux
Le meilleur à nouveau s'équilibre de pire
Sous le bandeau de fusées
Il n'est que de fermer les yeux
Pour retrouver la table du permanent

Ceci dit la représentation continue
Eu égard ou non à l'actualité
L'action se passe dans le voile du hennin
    d'Isabeau de Bavière
Toutes dentelles et moires

Aussi fluides que l'eau qui fait la roue au soleil
    sur les glaces des fleuristes d'aujourd'hui
Le cerf blanc à reflets d'or sort du bois du
    Châtelet
Premier plan de ses yeux qui expriment le rêve
    des chants d'oiseaux du soir
Dans l'obliquité du dernier rayon le sens d'une
    révélation mystérieuse
Que sais-je encore et qu'on sait capables de
    pleurer
Le cerf ailé frémit il fond sur l'aigle avec l'épée
Mais l'aigle est partout
               sus à lui
                 il y a eu l'avertissement

« Fata Morgana », in *Signe ascendant*, Gallimard, Poésie, 1965, p. 48-50.

De cet homme dont les chroniqueurs s'ob-
   stinent à rapporter dans une intention qui
   leur échappe
Qu'il était vêtu de blanc de cet homme bien
   entendu qu'on ne retrouvera pas
Puis la chute d'une lance contre un casque ici
   le musicien a fait merveille
C'est toute la raison qui s'en va quand l'heure
   pourrait être frappée sans que tu y sois
[...]
Un homme peut-être trop habile descend du
   haut des tours de Notre-Dame
En voltigeant sur une corde tendue
Son balancier de flambeaux leur lueur insolite
   au grand jour
Le buisson des cinq sauvages dont quatre
   captifs l'un de l'autre le soleil de plumes
Le duc d'Orléans prend la torche la main la
   mauvaise main
Et quelque temps après à huit heures du soir
   la main
On s'est toujours souvenu qu'elle jouait avec
   le gant
La main le gant une fois deux fois *trois fois*
Dans l'angle sur le fond du palais le plus blanc
   les beaux traits ambigus de Pierre de Lune
   à cheval
Personnifiant le second luminaire
Finir sur l'emblème de la reine en pleurs
Un souci Plus ne m'est rien rien ne m'est plus
                              Oui sans toi
Le soleil

> *Marseille, décembre 1940.*

1. « TOI QUE [...] JE NE REVERRAI PEUT-ÊTRE PLUS » (p. 186)

L'année 1931 s'est ouverte pour moi sur des perspectives extrêmement sombres. Le cœur était au mauvais fixe, on ne le verra que trop lorsque, dans la seconde partie de ce livre, je devrai exposer à certaines fins quelques-uns de mes égarements d'alors. X n'était plus là, il n'était plus vraisemblable qu'elle y fût jamais et pourtant j'avais longtemps espéré la retenir toujours ; moi qui ne crois guère à mon pouvoir je m'étais fait longtemps de mon pouvoir cette idée que s'il était, il devait tout entier servir à la retenir toujours. Ainsi en allait-il d'une certaine conception de l'amour unique, réciproque, réalisable envers et contre tout que je m'étais faite dans ma jeunesse et que ceux qui m'ont vu de près pourront dire que j'ai défendue, plus loin peut-être qu'elle n'était défendable, avec l'énergie du désespoir. Cette femme, il fallait me résigner à ne plus en rien savoir ce qu'elle devenait, ce qu'elle deviendrait : c'était atroce, c'était fou. J'en parle aujourd'hui, il arrive cette chose inattendue, cette chose misérable, cette chose merveilleuse et indifférente que j'en parle, il sera dit que j'en ai parlé. Voilà, c'est fini pour le cœur. — Intellectuellement, il y avait l'extraordinaire difficulté de faire admettre que ce n'était pas par vulgaire romantisme, par goût de l'aventure pour l'aventure, que je soutenais depuis des années qu'il n'était pas d'issue poétique, philosophique, pratique à l'activité à laquelle mes amis et moi nous étions voués, hors de la Révolution sociale, conçue sous sa forme marxiste-léniniste. Rien n'avait jamais été plus contesté que la sincérité de nos déclarations dans ce domaine ; pour ma

A. Breton, *Les vases communicants* (1932), Gallimard, Idées, p. 34 et p. 81-82.

part, je m'attendais à ce que, pour ne pas la reconnaître, on multipliât contre nous, à perte de vue, les mensonges et les pièges. L'action purement *surréaliste*, limitée qu'elle était pour moi par ces deux sortes de considérations, avait à mes yeux, il faut le dire, perdu ses meilleures raisons d'être.

[...]

J'étais mû, pour autant que je sache, à cette époque, par l'angoisse où me laissait la disparition d'une femme que je n'appellerai d'aucun nom, pour ne pas la désobliger, sur sa demande. Cette angoisse tenait essentiellement à l'impossibilité où je me trouvais de faire la part des raisons de caractère social qui avaient pu nous séparer, à jamais, comme alors je le savais déjà. Tantôt ces raisons occupaient tout le champ de ma connaissance, connaissance fort embuée d'ailleurs par le manque de trace objective de cette disparition même, tantôt, le désespoir l'emportant sur tout mode valable de considération, je sombrais dans l'horreur pure et simple de vivre sans savoir comment encore je pouvais vivre, comment je pourrais encore vivre. Je n'ai jamais tant souffert, c'est médiocre à dire, de l'absence d'un être et de la solitude que de sa présence ailleurs, où je n'étais pas, et de ce que je pouvais imaginer malgré tout de sa joie pour une vétille, de sa tristesse, de son ennui pour un ciel d'un jour, un peu trop bas. C'est la brusque impossibilité d'apprécier une à une les réactions de cet être par rapport à la vie extérieure qui m'a toujours le mieux précipité en bas de moi-même. Je ne conçois pas encore aujourd'hui que cela soit tolérable, je ne le concevrai jamais.

2. LE RÊVE DU 26 AOÛT 1931 : NADJA ET X

ANALYSE. — *Une vieille femme, qui semble folle,* *Ibid.*, p. 37-41.
guette entre « Rome » et « Villiers » : Il s'agit de
Nadja, de qui j'ai naguère publié l'histoire et qui
habitait, lorsque je l'ai connue, rue de Chéroy, où
semble bien conduire l'itinéraire du rêve. Elle
n'est si vieille que parce que, la veille du rêve, j'ai
fait part à Georges Sadoul, qui se trouvait seul à
Castellane avec moi, de l'étrange impression de
non-vieillissement que m'avaient produite les
démentes précoces, lors de ma dernière visite à
Sainte-Anne, il y a quelques mois. Je ne m'étais
pas plus tôt livré à cette appréciation que j'en
avais éprouvé une certaine inquiétude : comment
serait-il possible ? est-ce bien exact ? sinon
pourquoi dis-je cela ? (*défense* contre l'éventualité d'un retour de Nadja, saine d'esprit ou non,
qui pourrait avoir lu mon livre la concernant et
s'en être offensée, *défense* contre la responsabilité involontaire que j'ai pu avoir dans l'élaboration de son délire et par suite dans son internement, responsabilité que X m'a souvent jetée à la
tête, dans des moments de colère, en m'accu-
sant de vouloir la rendre folle à son tour). En ce
qui concerne les traits de la femme, assez effa-
cés dans le rêve, je crois pouvoir noter qu'ils se
confondent ou se composent avec ceux d'une
personne âgée qui me regarde un peu trop fixe-
ment, ou d'une table trop proche, à l'heure des
repas.

L'arrivée et le départ de X en taxi : C'était bien
réellement son habitude. Je lui ai longtemps
connu, outre la paresse de marcher dans Paris,
la phobie de traverser les rues. Même hors de la
vue de toute voiture, elle pouvait rester ainsi longtemps immobile au bord d'un trottoir (son grand-
père était mort écrasé par un camion qu'il
conduisait). J'avais cru pouvoir un jour l'aider à

réagir définitivement contre cette phobie en lui assurant que si, depuis quelques mois, elle avait moins peur, c'est que sans doute elle se savait mariée et par là, au sens populaire, « garée des voitures », ce qui avait paru la frapper.

Tout ce qui me restait d'argent pour acquitter les frais de location : Souvent, j'ai cherché à me persuader — à tort ou à raison — que les embarras pécuniaires que je subissais n'étaient pas étrangers à ses déterminations de départ. Justification rétrospective aussi, vis-à-vis de Nadja, que je me suis maintes fois reproché d'avoir laissée manquer d'argent les derniers temps.

Elle ne doit plus revenir : Cette fois réellement comme la dernière fois et non plus comme les autres fois.

[...]

On me fait signe de ne pas entrer : Il faut voir ici l'expression commune de mon désir, déjà formulé, de ne plus me retrouver en présence de Nadja, telle qu'elle doit être devenue et de celui d'éviter, avec X, toute espèce de nouvelle explication inutile et navrante.

Quelque vilaine affaire... Allusion à des fréquentations douteuses que X a pu avoir autrefois. Sous une forme véhémente, je lui reproche de consentir à vivre encore avec un individu qui a cherché jadis, en provoquant contre elle de faux témoignages, à la faire arrêter.

[...]

Les réflexions incongrues de mon père : Elles renouvellent un sujet de rancune que j'ai pu récemment avoir contre lui. Comme dans un mouvement de grande tristesse plutôt, à vrai dire, que de confiance, j'avais été amené à lui écrire, parlant de X : *Cette femme m'a fait un mal immense, incommensurable*, il m'avait répondu : *Comme tu dis, ta mère et moi, pensons que cette femme t'a fait...* (Suivait la répétition des termes dont je m'étais servi, chose que je n'ai jamais pu souffrir en méthode de correspondance, et diverses considérations morales qu'il eût pu, en la circonstance, m'épargner.)

I. « LA BEAUTÉ SERA CONVULSIVE OU NE SERA PAS » (p. 190)

1. ÉROTIQUE-VOILÉE

C'est là, tout au fond du creuset humain, en cette région paradoxale où la fusion de deux êtres qui se sont réellement choisis restitue à toutes choses les couleurs perdues du temps des anciens soleils, où pourtant aussi la solitude fait rage par une de ces fantaisies de la nature qui, autour des cratères de l'Alaska, veut que la neige demeure sous la cendre, c'est là qu'il y a des années j'ai demandé qu'on allât chercher la beauté nouvelle, la beauté « envisagée exclusivement à des fins passionnelles ». J'avoue sans la moindre confusion mon insensibilité profonde en présence des spectacles naturels et des œuvres d'art qui, d'emblée, ne me procurent pas un trouble physique caractérisé par la sensation d'une aigrette de vent aux tempes susceptible d'entraîner un véritable frisson. Je n'ai jamais pu m'empêcher d'établir une relation entre cette sensation et celle du plaisir érotique et ne découvre entre elles que des différences de degré. Bien que je ne parvienne jamais à épuiser par l'analyse les éléments constitutifs de ce trouble — il doit en effet tirer parti de mes plus profonds refoulements —, ce que j'en sais m'assure que la sexualité seule y préside. Il va sans dire que, dans ces conditions, l'émotion très spéciale dont il s'agit peut surgir pour moi au moment le plus imprévu et m'être causée par

A. Breton, *L'amour fou*, Folio, 1976, p. 12-13.

quelque chose, ou par quelqu'un, qui, dans l'ensemble, ne m'est pas particulièrement cher. Il ne s'en agit pas moins manifestement de cette sorte d'émotion et non d'une autre, j'insiste sur le fait qu'il est impossible de s'y tromper : c'est vraiment comme si je m'étais perdu et qu'on vînt tout à coup me donner de mes nouvelles. [...]

2. EXPLOSANTE-FIXE

Le mot *convulsive*, que j'ai employé pour qualifier la beauté qui seule, selon moi, doive être servie, perdrait à mes yeux tout sens s'il était conçu dans le mouvement et non à l'expiration exacte de ce mouvement même. Il ne peut, selon moi, y avoir beauté — beauté convulsive — qu'au prix de l'affirmation du rapport réciproque qui lie l'objet considéré dans son mouvement et dans son repos. Je regrette de n'avoir pu fournir, comme complément à l'illustration de ce texte, la photographie d'une locomotive de grande allure qui eût été abandonnée durant des années au délire de la forêt vierge. Outre que le désir de voir *cela* s'accompagne depuis longtemps pour moi d'une exaltation particulière, il me semble que l'aspect sûrement magique de ce monument à la victoire et au désastre, mieux que tout autre, eût été de nature à fixer les idées. [...]

Ibid., p. 15-16.

3. MAGIQUE-CIRCONSTANCIELLE

À ces deux premières conditions auxquelles doit répondre la beauté convulsive au sens profond du terme, je juge nécessaire et suffisant d'en adjoindre une troisième qui supprime toute lacune. Une telle beauté ne pourra se dégager que du sentiment poignant de la chose révélée, que de la certitude intégrale procurée par l'irruption d'une solution qui, en raison de sa nature

Ibid., p. 18 et 22 et p. 26.

même, ne pouvait nous parvenir par les voies logiques ordinaires. Il s'agit en pareil cas, en effet, d'une solution toujours excédente, d'une solution certes rigoureusement adaptée et pourtant très supérieure au besoin. L'image, telle qu'elle se produit dans l'écriture automatique, en a toujours constitué pour moi un exemple parfait. De même, j'ai pu désirer voir construire un objet très spécial, répondant à une fantaisie poétique quelconque. Cet objet, dans sa matière, dans sa forme, je le prévoyais plus ou moins. Or, il m'est arrivé de le découvrir, unique sans doute parmi d'autres objets fabriqués. C'était lui de toute évidence, bien qu'il différât en tout de mes prévisions. On eût dit que, dans son extrême simplicité, que n'avait pas exclue le souci de répondre aux exigences les plus spécieuses du problème, il me faisait honte du tour élémentaire de mes prévisions. J'y reviendrai. Toujours est-il que le plaisir est ici fonction de la dissemblance même qui existe entre l'objet souhaité et la *trouvaille*. Cette trouvaille, qu'elle soit artistique, scientifique, philosophique ou d'aussi médiocre utilité qu'on voudra, enlève à mes yeux toute beauté à ce qui n'est pas elle. C'est en elle seule qu'il nous est donné de reconnaître le merveilleux précipité du désir. Elle seule a le pouvoir d'agrandir l'univers, de le faire revenir partiellement sur son opacité, de nous découvrir en lui des capacités de recel extraordinaires, proportionnées aux besoins innombrables de l'esprit.

[...]

La beauté convulsive sera érotique-voilée, explosante-fixe, magique-circonstancielle ou ne sera pas.

Ibid., p. 26.

V. LECTEURS DE *NADJA*

Les « lecteurs » de *Nadja* ici privilégiés sont tous
des écrivains, romanciers ou/et poètes. Pour des
lectures plus proprement *critiques*, voir plus loin
la très abondante — et pourtant sélective —
bibliographie (p. 240) et les références d'ouvrages
et d'articles données en notes.

A. JEAN COCTEAU

Bien que les surréalistes l'aient toujours traité
avec le plus grand mépris, multipliant à son égard
injures et agressions, Cocteau fut un des premiers
à saluer l'importance et la nouveauté de *Nadja* :

J'aime *Nadja* d'André Breton. Jouissance beaucoup plus pure que celle qui consiste à aimer le
livre d'un ami. Elle ressemble — comme jamais
un rapprochement entre Breton et moi ne serait
admissible — au plaisir que donne un objet volé,
un apport spirite. [...] Si cet aveu désoblige Breton, qu'importe ? C'est une des monstruosités
de la littérature que de nous faire courir le risque
d'être approuvé par nos ennemis.

J. Cocteau, *Les
Nouvelles litté-
raires*, 4 août 1928.

B. RENÉ DAUMAL

Dans l'article qu'il consacre à *Nadja* dans les
Cahiers du Sud, Daumal propose une définition —
a contrario — de la *merveille* au sens bretonien du
terme : « Vous saurez ce qu'elle est, la *merveille*. »
Ou plutôt ce qu'elle n'est pas. Elle n'est pas « un
voile charmant jeté sur le monde pour nous le
faire accepter » ; tout au contraire, elle s'inscrit

comme témoin à charge au procès du monde réel. Elle n'est pas une « façon de rendre la vie " pittoresque " » [...], elle n'est pas, ah ! non, elle n'est pas " *la vie en beau* " ! »

Daumal est un des premiers à avoir vraiment compris l'importance stratégique — littéraire et vitale — de la troisième partie du récit :

Les escrocs de l'esprit dont pullule la littérature nous ont volé nos mots les plus chers. Je les crois d'autant plus difficiles à reconquérir que les dernières pages de *Nadja*, celles qui donnent son sens à tout le livre, sont passées presque inaperçues, que personne peut-être n'a entendu derrière elles les vers éternels de l'*Artémis* de Nerval qui, pour moi, forme avec « Le Léthé » des *Fleurs du mal* la limite probable de ce que les hommes pourront jamais dire de leur amour. « La Treizième revient... », et comment ne serait-elle pas toujours la même, puisque c'est l'Amour éternel qui se crée à lui-même ses formes variées, qui se pose ses propres objets qu'il n'atteindra jamais ?

R. Daumal, *Les Cahiers du Sud*, novembre 1928. Repris in *L'Évidence absurde*, Gallimard, 1972, p. 181-182.

C. JULIEN GRACQ

Une des particularités de la littérature contemporaine [...] est la prolifération envahissante des œuvres relevant dans une mesure plus ou moins grande du type « journal ». [...]

Le goût de cet exercice qu'est la tenue d'un journal relève d'abord du prélassement douillet le plus haïssable, son usage massif est enfin, c'est bien clair, l'équivalent d'un *stupéfiant* grave pour l'esprit : rien n'est plus divertissant que de voir tel ou tel nous conter ses angoisses devant ce je ne sais quoi qui se met à coller aux doigts à l'air à mesure qu'on presse le tube de vaseline. [...]

J. Gracq, *André Breton : quelques aspects de l'écrivain*, J. Corti, 1948, p. 91-92.

La seule véritable obscénité dont soit capable une œuvre littéraire consiste sans doute à appeler de la plume l'attention sur ces zones intestinales de la « vie intérieure », et, beaucoup plus que sur les faiblesses au moins laborieuses du roman, c'est contre elle que dirige sa pointe la page célèbre du « Premier Manifeste ».

Ibid., p. 97.

Que l'esprit se propose, même passagèrement, de tels *motifs*, je ne suis pas d'humeur à l'admettre... [...]

On peut considérer en effet que « Nadja » comme les « Vases communicants », comme l'« Amour fou » et comme « Arcane 17 » ne diffèrent guère à première vue du « fragment de journal intime » qui nous est si familier. Le même mélange s'y retrouve, égrené au fil des semaines, [...] de menus faits quotidiens, de réflexions incidentes, de souvenirs. Et cependant l'impression de lecture n'est d'aucune manière la même, et dès le début elle nous avertit. Beaucoup plus que le double ressort sur lequel compte pour mouvoir son public le teneur de journal : le plaisir de l'indiscrétion et l'illusion de la fausse reconnaissance, ce qui nous émeut ici, c'est le sentiment inaccoutumé d'une *distance* brutalement interposée entre nous et le récit des épisodes les plus apparemment « terre à terre », les plus familiers [...]

Ibid., p. 98.

Il s'agit d'appliquer au chaos brouillé des données mentales et des petits accidents de la vie *qu'on mène*, un procédé de lecture, une grille qui permette de lire le sens de la vie « en tant qu'elle échappe à notre influence », en tant non plus qu'on la mène, mais qu'inexplicablement elle apparaît *menée* d'ailleurs [...] : en d'autres termes il s'agit de la tentative insolite de superposer vive à l'enregistrement de la vie quotidienne l'écriture progressive d'un destin.

Ibid., p. 100-102.

De ce point de vue la forme saccadée, les ratures brusques, les longues élisions, le « trait qu'on jette en passant au bas d'une série de propositions dont il ne saurait s'agir de faire la somme » qui nous frappent dans ces espèces de relations de voyage apparaissent très significatifs. Au flux continu, morne, des pensées dévidées au fil des jours, Breton préfère, comme un navigateur qui note sa position sur sa carte, reporter une série discontinue de points critiques, toujours obtenus par intersection. Bien clairement pour nous, « Nadja » représente ainsi le plan de la vie courante coupée par la trajectoire de la révélation [...]

On pourrait même dire qu'à la limite Breton ne consent à prêter quelque consistance à sa personnalité, à tenter de la fixer par la plume, qu'en tant qu'au lieu d'une volonté autonome, jouet plus ou moins conscient de mobiles dérisoires, elle lui paraît ne se dessiner [...] que par un pur système d'interférences. [...] C'est toujours par rapport à un certain nombre de grandes constellations fixes — l'amour, le hasard, le rêve — qu'il tente de noter sa position, qu'il a le sentiment de subir l'aimantation, de jouir, au milieu de la pure solitude, d'« invraisemblables complicités » — c'est toujours avec elles qu'il tente d'établir par on ne sait trop quelle correspondance de signaux croisés, un peu de références continuelles. Bien loin de filer de ses sécrétions mentales un cocon douillet, [...] il ne souhaite plus être qu'empreinte en creux des hasards de la grande aventure [...] il ne cherche plus qu'à donner la seule image de l'homme *aux prises*, non avec un danger à sa faible taille [...] mais avec les puissances exorbitantes qui le malaxent et qu'il magnifie instinctivement du nom de fatales. [...]

Ce que nous remet en mémoire cet itinéraire hasardeux dont le but se dérobe sans cesse, mais qui tout au long met aux prises Breton avec les grandes figures symboliques, tour à tour exaltantes et glaçantes, [...] nous ne pouvons nous y méprendre au ton de déconcertante solennité : c'est un des thèmes épiques les plus anciennement traités qui soient, aussi bien dans la mythologie grecque que dans les gestes du Moyen Âge : celui de la *Quête* — quête de la Toison d'Or ou quête du Graal. Ici et là, même ample découpage du récit en épisodes hautement édifiants, même soumission foudroyante à la *rencontre*, même sentiment intime d'*élection* chez le prédestiné à la découverte [...] même pressentiment tragique et dévorant de l'imminence de la trouvaille « bouleversante » du secret des secrets, de la pierre magique [...].

Les procès-verbaux fiévreux que sont les livres de Breton figurent avant tout la consignation d'une grande aventure métaphysique, entreprise avant tout inventaire, sans jeter les yeux derrière soi, comme dans une urgence panique — en faisant flèche de tout bois et en mobilisant immédiatement les médiocres moyens de bord disponibles.

Ibid., p. 109.

D. MAURICE BLANCHOT

La rencontre : ce qui vient sans venue, ce qui aborde de face, mais toujours par surprise, ce qui exige l'attente et que l'attente attend, mais n'atteint pas. Toujours, fût-ce au cœur le plus intime de l'intériorité, c'est l'irruption du dehors, l'extériorité ébranlant tout. La rencontre perce le monde, perce le moi et, en cette percée, tout ce qui arrive n'arrivant pas (arrivant avec le statut de la non-arrivée) est l'envers impossible à vivre de ce qui à l'endroit ne peut s'écrire, double impos-

M. Blanchot, « Le demain joueur », *NRF*, p. 296-306.

sibilité qu'il faut, par un acte supplémentaire —
une fraude, une manière de mensonge, une folie
aussi —, transformer pour l'adapter à la « réalité » vivante et écrivante.

[...]

La rencontre désigne une relation nouvelle. Au
point de jonction — point unique —, ce qui vient
en rapport demeure sans rapport, et l'unité ainsi
mise en évidence n'est que la manifestation surprenante (par la surprise) de l'inunifiable, simulta-
néité de ce qui ne saurait être ensemble ; d'où il
faut conclure, quitte à abîmer la logique, que là
où la jonction a lieu, c'est la disjonction qui régit
et fait voler en éclat la structure unitaire.

[...]

Dans la rencontre, il y a une dissymétrie, une
discordance essentielles entre les « termes » en
présence. Ce qui aborde de face est aussi absolument détourné. Cela vient par surprise, arbitrairement et nécessairement : l'arbitraire de la
nécessité ; inattendu à cause de l'attente.

[...]

Toujours Nadja est rencontrée, toujours il faut
recommencer de la rencontrer, toujours sous-
traite dès qu'elle s'offre, promise à la dérobée,
jusqu'à sa disparition aussi incertaine et plus
obscure que sa manifestation, et qui n'abolit pas
l'événement, mais a lieu dans le même espace
— le non-lieu — de la rencontre.

[...]

La mésentente — écartons aussitôt tout ce
qui chercherait à en rendre compte par des différences de caractère ou même par l'incapacité,
due à la personnalité des protagonistes, d'être à
la mesure de l'événement — n'est pas un effet
accidentel, regrettable, d'une rencontre par
ailleurs merveilleuse ; elle en est l'essence et
comme le principe. Là où il n'y a pas d'entente
possible, là où tout ce qui arrive arrive hors de

l'entente, dès lors fascinant — terrible ou merveilleux —, sans autre rapport que cette intimité de l'absence de rapport, c'est là que l'expérience de la rencontre déploie son dangereux espace, ce champ non unifié, non égalisé et sans parcours, où la vie n'est pas plus donnée au niveau du réel que l'écriture, complice de cette vie, n'est présente dans le langage où le réel s'articule.

[...]

Nadja : il ne faut pas s'éloigner de ce livre, livre « toujours futur », non pas seulement parce qu'il a ouvert à la littérature une voie nouvelle (d'une telle innovation, comment se contenter, là où c'est l'avenir de l'avenir qui est en jeu ?), mais peut-être parce qu'en confiant désormais à chacun de nous le soin de ressaisir l'absence d'œuvre qui se désigne comme son centre, il nous fait obligation d'éprouver à partir de quel manque et en vue de quel défaut toute écriture porte ce qui s'écrit. Cette absence — déjà visée par l'écriture de pensée où elle se fait nécessité (et présence) par le hasard — est telle qu'elle change la possibilité de tout livre, faisant de l'œuvre ce qui toujours devrait se désœuvrer, tandis qu'elle modifie les rapports de la pensée, du discours et de la vie.

[...]

Enfin le plus surprenant : alors que le livre prend fin, il recommence pour se détruire lui-même en offusquant celle qui fut Nadja (l'exclue de l'entente, la passante énigmatique) par une autre figure célébrée comme seule vivante, puisque aimée et ainsi pure de l'énigme. Reniement des plus troublants, tentative anxieuse pour faire disparaître de la vie du temps et de la vie de la vie ce qui toujours sépare le temps et détourne de vivre, ce qui en effet s'exclut de tout souvenir comme de toute possibilité d'avoir jamais été vécu une fois : la rencontre, c'est-à-dire l'apparition-disparition, c'est-à-dire l'espace du plus grand danger. C'est par cette apparition-disparition et par cet appel du danger que Nadja demeure le signal d'avenir du surréalisme : non plus le titre d'un livre, mais le *demain joueur*, l'aléa qui toujours voudrait briser le livre, rompre le savoir et déranger jusqu'au désir en faisant du livre, du savoir et du désir la réponse à l'inconnu, quand il n'y a de temps qu'entre-temps.

E. MICHEL BUTOR

Le roi de Bretagne et ses sept châteaux.

M. Butor, « Heptaèdre héliotrope », *NRF*, p. 170-175.

1) Observatoires du ciel intérieur

Dès *Mont de Piété* Breton a

« UN CHÂTEAU À LA PLACE DE LA TÊTE ».

Il nous explique dans *Limites non Frontières du Surréalisme* :

« Le psychisme humain, en ce qu'il a de plus universel, a trouvé dans le château gothique et ses accessoires un lieu de fixation si précis qu'il serait de toute nécessité de savoir ce qu'est pour notre époque l'équivalent d'un tel lieu... »

[...]

Voici les accessoires qu'il énumère et déchiffre :

« Les ruines [...] si chargées de significations [...] ; le fantôme inévitable qui les hante [...].

Que de ruines en effet, que de fantômes (voici celui, inévitable, qui hante ce premier château :

« Le fantôme entre sur la pointe des pieds. Il inspecte rapidement la tour et descend l'escalier triangulaire... »),

que de souterrains, de nuits orageuses ren-
contrerons-nous dans ses textes, qu'ils soient
automatiques (c'est-à-dire qu'il ait cru savoir
qu'ils y apparaissaient à son insu, ce qui n'était
pas tout à fait vrai) ou non (récits, manifestes —
c'est-à-dire qu'il ait cru savoir pourquoi il les y faisait apparaître, ce qui ne l'était guère plus) ;
quant aux êtres de tentation pure...

2) Colloque des armures

Il manque dans cette liste un accessoire impor-
tant : l'armure, qui nous permet d'entrer dans la
« peau » d'un fantôme faste ou néfaste, de le
faire parler. Écoutons l'*Introduction au Discours
sur le peu de Réalité* :

« Je suis dans un vestibule de château, ma
lanterne sourde à la main, et j'éclaire tour à tour
les étincelantes armures. N'allez pas croire à
quelque ruse de malfaiteur. L'une de ces
armures semble presque à ma taille ; puissé-je la
revêtir et retrouver en elle un peu de la
conscience d'un homme du XIVe siècle... »

Derrière la visière de son casque, j'aperçois la
face des sites parisiens :

d'abord cette section du boulevard Bonne-
Nouvelle où l'on était sûr de le rencontrer vers
1927 au moins un jour sur trois, vers la fin de
l'après-midi, entre l'imprimerie du *Matin* et le
boulevard de Strasbourg, non loin de la très
belle et très inutile porte Saint-Denis et de sa
sœur [...]

le marché aux puces qui nous réfléchira la
face des objets trouvés ou donnés, tous photo-
graphiés dans les trois premiers « récits »

(remarquons en passant que ces livres sont
parmi les seuls, au XXe siècle, à nous permettre
une réflexion approfondie sur le problème
aujourd'hui central de l'illustration ; ici, devant

l'objet inhabituel, la description avoue son insuffisance, qui ne la rend pas moins nécessaire, en
laissant la place à l'image) :
« cette sorte de demi-cylindre blanc irrégulier,
verni, présentant des reliefs et des dépressions
sans signification pour moi »
[...]
le gant de femme en bronze
(les cahiers de châteaux donneront naissance
à tant d'objets bizarres entre leurs lignes, qu'il
faudra les photographies pour prouver l'existence des objets réels ; elles joueront par rapport
à eux le même rôle que les dates précises pour
les événements des récits)
[...]

3) Source de *mouvements* curieux

Certes, j'aurais pu choisir d'évoquer sept châteaux illustrés :
le manoir d'Ango où il écrit le début de *Nadja*,
le château fantôme des Tuileries, dans le parc
duquel, à minuit, il considère en compagnie de
Nadja un jet d'eau semblable à celui qui somme
le début du *Troisième Dialogue entre Hylas et
Philonoüs* dans l'édition de 1750,
le château de Saint-Germain [...]

F. YVES BONNEFOY

**Admirateur de Breton, influencé — au moins dans
sa jeunesse — par le surréalisme, Bonnefoy avoue
avoir été « déçu » par *Nadja*. Il reproche à Breton
d'avoir voulu soumettre Nadja aux « lois de son
propre ciel », au détriment, voire au mépris, de la
présence réelle, humaine et pathétique de la jeune
femme.**

Breton est tout dans cette souveraineté illusoire où Nadja, qu'il croit reconnaître pourtant comme une présence libre, n'a pas droit pour autant à sa vérité, qui est trop simple, trop ordinaire : *il faut qu'elle soit une fée* sinon on la rejettera parmi les millions d'êtres méprisables. [...]

Y. Bonnefoy, *Entretiens sur la poésie*, Mercure de France, 1990, p. 81.

On est gêné de voir l'auteur de *Nadja* prendre dans ce livre l'apparence pour le réel, autrement dit s'attacher à de vains prestiges, déclarer une fée celle qui n'était que la pauvre humanité désirante.

Ibid., p. 163.

VI. BIBLIOGRAPHIE

ŒUVRES D'ANDRÉ BRETON :

Nadja
Prépublications partielles : « *Nadja* / Première partie », *Commerce*, Cahier XIII, automne 1927.
« *Nadja* (fragment) », *La RS*, n° 11, 15 mars 1928.
Gallimard collection Blanche, 1928.
Gallimard collection Blanche, 1963 (« édition entièrement revue par l'auteur »).
Gallimard Folio, 1978.
Œuvres complètes
Gallimard, Bibliothèque de la Pléiade, M. Bonnet et alii, 1988-1992[1].
T. I (1911-1930) : *Mont de Piété, Les Champs magnétiques* (avec P. SOUPAULT), *Les Pas perdus, Manifeste du surréalisme, *Poisson soluble, Nadja, Ralentir Travaux* (avec P. ELUARD et R. CHAR), *Second Manifeste du surréalisme, L'Immaculée Conception* (avec P. ELUARD).
T. II (1931-1941) : *Misère de la poésie, Le Revolver à cheveux blancs, Les Vases communicants, Violette Nozières, *Qu'est-ce que le surréalisme, Point du jour, L'Air de l'eau, Position politique du*

---

1. Les textes signalés par * sont cités dans cette édition.

surréalisme, Au Lavoir noir, L'Amour fou, Dictionnaire abrégé du Surréalisme (avec P. ELUARD), *Anthologie de l'Humour noir, Pleine Marge, Fata Morgana.*
(Les deux volumes contiennent en outre de nombreux textes et documents inédits.)
Les Champs magnétiques (avec P. Soupault) [1920], Gallimard, Poésie, 1971.
Le Surréalisme et la peinture (1965), Gallimard, 1979.
La Clé des champs, Sagittaire, 1953.
Constellations (sur 22 gouaches de J. MIRÓ), Pierre Matisse, New York, 1959. (Pour les autres ouvrages de BRETON cités dans le présent volume, cf. p. 9.)

REVUES, TRACTS ET DOCUMENTS SURRÉALISTES
(cités dans le présent ouvrage)

Littérature (n° 1-20, mars 1919-août 1921 ; nouvelle série, n° 1-13, mars 1922-juin 1924), Réimpression J. M. Place, 1978.
La révolution surréaliste (n° 1-12, décembre 1924-décembre 1929), Réimpression J. M. Place, 1975.
Le surréalisme au service de la révolution (n° 1-6, juillet 1930-mai 1933), Réimpression J. M. Place, 1976.
Minotaure (n° 1-12/13, février 1933-mai 1939), Réimpression Skira, 1980-1982.
Le surréalisme même (n° 1-5, octobre 1956-

printemps 1959). Dans le n° 1 figure, en insert, le texte intégral des *Détraquées*.

Archives du surréalisme (publiées sous l'égide d'ACTUAL) :

T. I : bureau de recherches surréalistes : Cahier de la permanence (1924-1925).

T. II : Vers l'action politique (1925-1926), Gallimard, 1988.

TÉMOIGNAGES ET SOUVENIRS (concernant *Nadja*)

L. Aragon, *L'Œuvre poétique*, t. IV, Livre Club Diderot, 1974.

E. Berl, *Interrogatoire* (par P. Modiano), Gallimard, 1976.

Y. Bonnefoy, *Entretiens sur la poésie*, Mercure de France, 1990.

R. Daumal, *L'Évidence absurde*, Gallimard, 1972.

L. Deharme, *Les Années perdues*, Plon, 1961.

M. Jean : *Autobiographie du surréalisme*, Seuil, 1978.

A. Pieyre de Mandiargues, *Le Désordre de la mémoire*, Gallimard, 1975.

OUVRAGES GÉNÉRAUX SUR LE SURRÉALISME

C. Abastado (et D. Deltel), *Introduction au surréalisme*, Bordas, 1986.

S. Alexandrian, *Le Surréalisme et le rêve*, Gallimard, 1975.

H. Béhar, M. Carassou : *Le Surréalisme, Textes et débats*, Livre de Poche, 1984.

M. C. Bancquart, *Paris des surréalistes*, PUF, 1972.

J. Chénieux-Gendron, *Le Surréalisme et le roman*, L'Âge d'homme, 1983.
Le Surréalisme, PUF, 1984.

X. Gauthier, *Surréalisme et sexualité*, Gallimard, Idées, 1972.

E. Jaguer, *Les Mystères de la chambre noire*, Flammarion, 1982.

R. Krauss et alii : *Explosante-Fixe*, Centre G. Pompidou-Hazan, 1986.

G. Picon, *Journal du surréalisme*, Skira, 1975.

Entretiens sur le surréalisme, Mouton, 1968.

Le surréalisme dans le texte, Université de Grenoble, 1978.

Dictionnaire du surréalisme et de ses environs, PUF, 1982.

Surréalisme et Philosophie, Centre G. Pompidou, 1992.

Change, n° 7, *Le Groupe/La Rupture*, 1970.

La Femme surréaliste, Obliques, 1979.

OUVRAGES SUR BRETON

Biographie : H. Béhar : *A. B., Le Grand indésirable*, Calmann-Lévy, 1990.
Critique :
S. Alexandrian : *Les Libérateurs de l'amour* (chap. 8), Points-Seuil, 1977.

M. Bonnet : *A. B. et la naissance de l'aventure surréaliste*, Corti, 1975.

M. Carrouges : *A. B. et les données fondamentales du S.*, Gallimard, 1950.

G. Durozoi et B. Lecherbonnier : *A. B., l'écriture surréaliste*, Larousse, 1974.

J. Gracq : *A. B., quelques aspects de l'écrivain*, Corti, 1948.

G. Legrand : *A. B. en son temps*, Le Soleil noir, 1976.

P. Mourier-Casile : *A. B., Explorateur de la Mer-Moire*, PUF, 1986.

P. Plouvier : *Poétique de l'amour chez A. B.*, Corti, 1983.

A. B., Essais et Témoignages, La Baconnière, 1949.

A. B. et le Mouvement surréaliste, La NRF, 172, 1967.

Les Critiques de notre temps et A. B., Garnier, 1974.

A. B., Revue des Sciences Humaines, 184, 1981.

Les Idées d'A. B. (H. Béhar éd.), L'Âge d'homme, 1987.

A. B. ou le Surréalisme même, L'Âge d'homme, 1988.

A. B., Europe, mars 1991.

OUVRAGES ET ARTICLES CONCERNANT *NADJA*

V. Crastre : *Trilogie surréaliste*, SEDES, 1971.

R. A. Jouanny : *N.*, Profil d'une œuvre, Hatier, 1972.

R. Navarri : *N.*, Études littéraires, PUF, 1986.

P. Née : *N.*, Dunod, 1993.

Y. Tadié : *Le Récit poétique*, PUF, 1979.

P. Albouy : « Signe et signal dans *N.* », *Europe*, 1969.

J. Arrouye : « La photographie dans *N.* », *Mélusine IV*, 1983.

M. Beaujour : « Qu'est-ce que *N* ? », *La NRF, op. cit.*

M. Bertrand : « *N* : un secret de fabrication surréaliste », *L'Information littéraire*, 2 et 3, 1979.

M. Blanchot : « Le demain joueur », *La NRF, op. cit.*

M. Bonnet : « Le surréalisme et l'amour », *Entretiens sur le surréalisme, op. cit.*

J. Chénieux-Gendron : « Les variantes de *N* », *Seminari Pasquali di Bagni di Lucca*, Pacini ed., 1989.

J.-P. Clébert : « Traces de Nadja », *Revue des Sciences humaines, op. cit.*

H. Désoubeaux : « Notes sur *N* et l'amour sage », *Mélusine XIII*, 1992.

« André Breton et la folle », *Mélusine IX*, 1989.

M. A. Graff : « Elisa ou le changement de signe », *Mélusine XII*, 1992.

S. Gibs : « L'analyse structurale du récit surréaliste », *Mélusine I*, 1979.

C. Guedj : « *N* ou l'exaltation réciproque du texte et de la photographie », *Les Mots, La Vie*, Nice, 1991.

L. Jones : « *N* and the Language of Poetic Fiction », *Dada / Surrealism*, n° 3, 1973.

S. Levy : « Breton's *N* and "Automatic Writing" », Dada / Surrealism, n° 2, 1973.

C. Maillard-Chary : « Les visages du sphinx chez les surréalistes », *Mélusine*, VII, 1985.

« Mélusine entre Sphinx et Chimère », *Mélusine* XI, 1990.

M. Mariën : « Mort de Nadja », *Les Lèvres nues*, n° 12, Bruxelles, 1975.

C. Martin : « *N* ou le mieux-dire », *Revue d'Histoire littéraire de la France*, 1972.

J. H. Matthews : « Désir ou merveilleux dans *N* », *Symposium*, 1973.

M. Mourier : « Breton / Berkeley : de l'idéalisme absolu comme tentation et comme terreur », *Surréalisme et Philosophie, op. cit.*

P. Mourier-Casile ; « A livre ouvert ou comment ne pas raconter sa vie », *Europe,* 1991.

« Vous avez dit Pagure ? », P. Soupault, *Europe*, 1993.

« Mélusine ou la Triple en phase », *Mélusine* II, 1981.

R. Navarri : « *N* ou l'écriture malheureuse », *Europe*, n° 528, 1973.

G. Orenstein : « *N* Revisited : A Feminist Approach », *Dada/Surréalisme*, n° 8, 1978.

J. M. Pianca : « Et guerre au travail », *Mélusine* V, 1983.

G. Prince : « La fonction méta-narrative dans *N* », *French Review*, 1976.

G. Raillard : « On signe *ici* », *Littérature*, n° 25, 1977.

R. Riese-Hubert : « *N* depuis la mort de Breton », *Œuvres et Critiques*, II, 1977.

« Images du criminel et du héros surréalistes » ; *Mélusine* I, 1979.

S. Sarkany : « *N* ou la lecture du monde objectif », *Mélusine* IV, 1982.

P. Testud : « *N* ou la métamorphose », *Revue des Sciences Humaines*, 1971.

DIVERS

L. Aragon : *L'Œuvre poétique,* IV, Livre Club Diderot, 1974.
Le Paysan de Paris, Gallimard, Folio, 1978.

C. Baudelaire : *Œuvres complètes*, Gallimard, Bibliothèque de la Pléiade, 1961.

W. Benjamin : *Poésie et Révolution*, Denoël, 1971.

G. Berkeley : *Dialogues entre Hylas et Philonoüs*, Alcan, 1925.

Catalogue de l'Exposition Man Ray, Centre G. Pompidou, 1982.

H. Prinzhorn : *Expressions de la folie*, Gallimard, 1984.

P. Soupault : *Mémoires de l'oubli*, I, Lachenal et Ritter, 1986.

TABLE

Composition Traitext.
Impression Bussière Camedan Imprimeries
à Saint-Amand (Cher),
le 2 août 2002.
Dépôt légal : août 2002.
1ᵉʳ dépôt légal : mars 1994.
Numéro d'imprimeur : 023274/1.
ISBN 2-07-038664-3./Imprimé en France.